KB073896

머더봇 다이어리

시스템 통제불능

머더봇 다이어리
시스템 통제불능

ALL SYSTEMS RED:
THE MURDERBOT DIARIES

마샤 웰스
고호관 옮김

차례

◎

◎

1

나는 대량 학살자가 될 수도 있었다. 내 지배모듈을 해킹했기 때문이다. 하지만 그 즉시 회사의 위성을 통해 날아오는 엔터테인먼트 채널의 피드에 접속할 수 있다는 걸 알게 됐다. 그 뒤로 3만 5천 시간이 훌쩍 넘을 동안 나는 살인을 별로 하지 않았다. 대신에 아마도 3만 5천 시간이 좀 안 되게 영화와 드라마, 책, 연극, 음악을 즐기며 지냈던 것 같다. 무자비한 살인기계로서 나는 실패작인 셈이었다.

하지만 여전히 일은 하고 있었다. 새로운 계약이었다. 나는 볼레스쿠 박사와 바라다지 박사가 조사를 빨리 마치고 거주지로 돌아가기를 바라고 있었다. 그래야 〈거룩한 위성〉의 397회 에피소드를 볼 수 있을 테니까.

내가 정신을 딴 데 팔고 있었다는 건 인정한다. 이번 계약은 아직까지는 별일 없이 지루했다. 나는 상황 경고 채널을 뒤쪽으로 밀어놓고 허브시스템에 가외활동 기록을 남기지 않은 채 엔터테인먼트 피드의 음악에 접속해볼까 생각하고 있었다. 거주지가 아니라 현장에 있을 때는 그러기가 좀 더 까다로웠다.

이 평가 구역은 바닷가 근처 섬에 길게 나 있는 황량한 땅이다. 낮고 평탄한 언덕이 여기저기 솟아 있었고 초록빛이 도는 검고 굵은 풀은 내 발목까지 올라왔다. 동식물이라고는 크기가 제각각인 새 같은 것과 몸을 부풀려 둥둥 떠다니는 것 몇몇이 고작이었고 우리가 아는 한 해롭지 않았다. 바라다지와 볼레스쿠는 커다란 크레이터 여러 개가 군데군데 드러난 해안에서 표본을 채취하고 있었다. 이 행성에는 고리가 있는데 우리의 현재 위치에서 바다 쪽을 바라보면 수평선을 가득 채우고 있었다. 나는 하늘을 바라보며 마음속으로 피드를 살짝 건드려보았다. 그때였다. 크레이터 바닥이 폭발했다.

군이 음성으로 긴급 신호를 보내지는 않았다. 나는 내 현장카메라의 영상 피드를 멘사 박사에게 전송하고 크레이터 안으로 뛰어 내려갔다. 모래를 헤치며 경사를 간신히 내려가는 동안 벌써 긴급통신 채널로 누군가에게 당장 호퍼를 띄우라고 소리치는 멘사의 목소리를 들을 수 있었다. 하지만 그들은 여기서 10킬로미터쯤 떨어진 섬의 다른 곳에 있었기에 늦지 않게 와서 도와줄 방법은 없었다.

서로 충돌하는 명령이 내 피드를 채웠지만 나는 신경 쓰지 않았다. 설령 내가 지배모듈을 망가뜨리지 않았다고 해도 우선권은 긴급 피드에 있었을 것이다. 하지만 그 피드 역시 혼란스러웠다. 자동화된 허브시스템은 데이터를 원하는 동시에 내게 필요 없는 데이터를 보냈다. 멘사는 호퍼에서 무전을 보내고 있었다. 그것도 필요 없었지만 동시다발적으로 해답을 요구하고 해답을 제공하려는 허브시스템보다는 무시하기 쉬웠다.

그 와중에 나는 크레이터 바닥에 도착했다. 내 양팔에는 작은 에너지 무기가 내장되어 있었지만, 내가 고른 건 등에 걸어놓았던 커다란 발사체 무기였다. 방금 땅속에서 폭발하듯 튀어나온 적은 입이 대단히 컸다. 그래서 아주 큰 총이 있어야겠다는 생각이 들었다.

나는 놈의 입속에서 바라다지를 끄집어내고 대신 들어간 뒤에 목구멍을 향해 무기를 발사했다. 그리고 조금 위로 올려 뇌가 있을 만한 곳을 향해서도 쏘았다. 순서는 약간 헷갈린다. 내 현장카메라 피드를 다시 돌려봐야 할 것 같다. 확실한 건 내게 바라다지가 있었고, 놈에게는 없었다는 사실이다. 그 녀석은 다시 굴속으로 사라졌다.

바라다지는 의식이 없었다. 오른쪽 다리와 옆구리의 큰 상처에서 난 피가 보호복 밖으로 흘러나왔다. 나는 무기를 다시 등 뒤에 고정한 뒤 양손으로 그 여성을 들어 올렸다. 난 이미 왼팔의 장갑과 그 밑에 있던 살을 상당 부분 잃어버렸지만 비유기체 부분은 아직 작동하고 있었다. 지배모듈에서 명령이 쏟아졌지만 나는 해독하지도 않고 나중으로 미루어두었다. 지금은 비유기체 부분도 없고 나처럼 수리하기도 쉽지 않은 바라다지가 확실한 우선순위였다. 나는 긴급 피드에서 의료시스템이 내게 뭐라고 하는지에 관심을 기울였다. 하지만 그보다 먼저 바라다지를 크레이터 밖으로 데리고 나가야 했다.

이 모든 일이 벌어지는 동안 볼레스쿠는 정신이 나간 채로 흔들거리는 바위 위에서 웅크리고 있었다. 이해가 되지 않는 건 아니었다. 나는 이런 상황에서 그보다 훨씬 더 강했지만 그래도 썩 좋지 않은 시간을 보내고 있었다.

내가 말했다.

"볼레스쿠 박사님, 이제 저랑 가셔야 합니다."

볼레스쿠는 대꾸하지 않았다. 의료시스템은 진정제를 놓은 다음에 어찌어찌하라고 조언하고 있었다. 하지만 나는 한 손으로 바라다지 박사의 보호복을 눌러 출혈을 막고, 다른 한 손으로는 머리를 받치고 있었다. 어쨌거나 나도 손은 두 개밖에 없었다. 나는 볼레스쿠가 인간과 같은 내 얼굴을 볼 수 있도록 헬멧을 수축시켰다. 만약 적이 돌아와서 나를 물어뜯는다면 이건 큰 실수일 터였다. 나는 내 머리의 유기체 부분이 필요했기 때문이다. 나는 목소리를 단호하면서도 온화하게 가다듬은 뒤 말했다.

"볼레스쿠 박사님, 별일 없을 겁니다. 괜찮으세요? 이제 일어나서 제가 바라다지 박사님을 데리고 나갈 수 있도록 도와주셔야 합니다."

먹혔다. 볼레쿠스는 힘겹게 일어나 비틀거리며 내게 다가왔다. 여전히 떨고 있었다. 나는 멀쩡한 쪽을 내밀며 말했다.

"제 손을 잡으세요, 괜찮으세요? 잠깐만요."

볼레쿠스는 간신히 내 팔에 팔짱을 꼈고, 나는 바라다지를 가슴에 안은 채 볼레쿠스를 끌고 크레이터를 올라가기 시작했다. 바라다지의 숨소리는 거칠고 힘겨웠지만 그녀의 보호복에서는 아무런 정보도 얻지 못했다. 내 보호복도 가슴 부분이 찢어져서 나는 도움이 되기를 바라며 체온을 올렸다. 이제 피드는 조용했다. 멘사가 책임자 우선권을 이용해 의료시스템과 호퍼 외에는 모두 침묵시키고 나자 호퍼 피드에서 들렸던 건 조용히 하라는 다른 사람들의 흥분한 목소리들뿐이었다.

크레이터의 옆면 땅은 부드러운 모래에 군데군데 자갈이 뒤섞여 있었지만, 나는 다리에 손상을 입지 않고 아직 숨이 붙어 있는 두 인간과 함께 꼭대기에 올랐다. 볼레스쿠가 주저앉으려고 해서 크레이터의 가장자리에서 몇 미터 떨어진 곳까지는 오도록 했다. 저 아래에 있는 게 뭔지는 모르겠지만 보기보다 팔이 길지도 몰랐다.

바라다지는 내려놓고 싶지 않았다. 내 배 부위에 심각한 손상이 있어서 다시 들어 올릴 수 있을지 확신이 없었기 때문이다. 나는 현장카메라를 뒤로 조금 돌려서 이빨에 찔리는 장면을 보았다. 어쩌면 섬모일지도 몰랐다. 섬모라고 하는 게 맞을까? 아니면 다른 걸까? 살인봇에게는 제대로 된 교육모듈을 내주지 않는다. 그들이 주는 건 살인모듈뿐이고 심지어는 그것조차 싸구려다. 허브시스템의 언어 센터를 뒤져보던 중에 소형 호퍼가 근처에 착륙했다. 호퍼가 풀밭 위에 내려앉자 나는 헬멧을 밀폐한 뒤 불투명하게 만들었다.

우리가 갖고 있는 표준 호퍼는 두 대였다. 큰 건 비상용이고, 이 작은 건 평가 지역으로 갈 때 썼다. 호퍼는 세 구역으로 나뉘는데, 가운데 큰 구역에는 사람이 탔고 양쪽 두 군데 작은 구역에는 화물과 보급품 그리고 내가 탔다. 조종은 멘사가 했다. 나는 걷기 시작했다. 볼레스쿠를 놓치고 싶지 않아서 일부러 천천히 걸었다. 경사로가 내려오기 시작하자 핀-리와 아라다가 뛰어내렸다. 나는 음성통신으로 전환한 뒤 말했다.

"멘사 박사님, 보호복을 놓을 수 없습니다."

멘사는 곧 내 말이 무슨 뜻인지 알아차리고는 급히 말했다.

"괜찮아. 선실로 데리고 와."

살인봇은 사람과 함께 탈 수 없다. 그래서 나는 들어가기 전에 음성으로 허가를 얻어야 했다. 지배모듈이 고장 난 상태라 내 마음대로 할 수 있었지만 누구도, 특히 나와 계약한 사람들이 내가 자유롭다는 사실을 알아채지 못하게 하는 건 꽤 중요했다. 그러니까 내 유기체 부분이 파괴되고 나머지는 부품별로 쪼개지지 않으려면 그래야 한다는 소리다.

나는 바라다지를 안고 경사로를 올라 선실로 들어갔다. 오버스와 라티가 공간을 만들기 위해 황급히 의자를 빼내고 있었다. 그들은 헬멧을 벗은 채 보호복 후드를 뒤로 젖히고 있었고, 나는 그들이 내 찢어진 보호복 사이로 드러난 상체의 몰골을 보고 짓는 끔찍한 표정을 볼 수 있었다. 내 헬멧을 밀폐해놓아서 다행이었다.

이래서 나는 사실 화물칸에 타고 가는 게 좋았다. 인간이든 증강인간이든 살인봇과 가까이 있으면 너무 어색해한다. 적어도 나와는 그렇다. 나는 바라다지를 무릎 위에 올린 채 바닥에 앉았다. 그동안 핀-리와 아라다가 볼레스쿠를 안으로 끌고 들어왔다.

우리는 탐사 장비 두 상자와 도구 몇 개를 두고 왔다. 바라다지와 볼레스쿠가 표본을 채취하러 크레이터로 내려가기 전 작업하던 풀밭 위에 그대로 놓고 온 것이다. 장비를 옮기는 건 보통 내가 도와야 할 일이었지만, 당시 보호복의 남은 부분을 통해 바라다지를 관찰하던 의료시스템은 바라다지에게서 손을 떼는 게 좋지 않은 생각이라는 점을 분명히 했다. 장비에 관해서는 아무도 언급하지 않았다. 비상 상황에서 쉽게 대체할 수 있는 물건을 놓고 오는 건 당연했다. 하지만 나는 피 흘리는 사람을 내려놓고 장비를 챙기라고 할 만한 고객과 계약을 맺은 적이 여러 번 있었다.

이번 계약에서는 라티 박사가 벌떡 일어나 말했다.

"내가 상자를 가져올게!"

내가 외쳤다.

"안 돼!"

그래서는 안 되는 일이었다. 나는 항상 고객에게 공손하게 말해야 했다. 그 사람이 실수로 자살을 하려고 할 때조차도 그래야 했다. 허브시스템이 기록했다가 지배모듈을 통해 처벌할 수도 있었다. 지배모듈이 해킹되지 않았을 때 이야기지만.

다행히 다른 사람들도 동시에 외쳤다.

"안 돼!"

핀-리가 덧붙였다.

"정신 좀 차려, 라티!"

라티가 말했다.

"아, 시간이 없구나. 그렇겠지. 미안해!"

그는 해치의 즉시 폐쇄 기능을 실행시켰다.

덕분에 우리는 저 아래에서 괴물이 이빨인지 섬모인지 아니면 뭔지 모를 게 가득한 큰 입으로 땅을 뚫고 나왔을 때 경사로를 잃지 않을 수 있었다. 호퍼의 카메라에는 그 괴물이 끝내주게 잡혔고, 호퍼의 시스템이 친절하게도 모두의 피드로 보내주었다. 사람들은 비명을 질렀다.

멘사가 너무 빨리 공중으로 솟아올라서 나는 거의 바닥에 눕다시피 했다. 바닥에 있지 않던 사람들도 모두 바닥으로 떨어졌다.

잠시 침묵이 흐른 뒤 다들 안심하며 숨을 몰아쉴 때 핀-리가 말했다.

"라티, 그렇게 위험한 짓을 하면…"

"나한테 엄청 화를 내겠지. 알아."

라티가 벽에 기댄 채 살짝 미끄러져 주저앉으면서 핀-리에게 힘없이 손을 흔들었다.

"이건 명령이야 라티. 목숨을 잃지 말라고."

멘사가 조종석에서 말했다. 차분한 목소리였다. 하지만 보안 우선권이 있었던 나는 의료시스템을 통해 빠르게 뛰는 멘사의 심장을 볼 수 있었다.

아라다가 구급상자를 꺼내 와서 바라다지의 출혈을 막고 그녀를 안정시킬 수 있었다. 나는 가능한 한 가전제품처럼 있으려고 노력하면서 인간들이 가리키는 상처 부위를 잡아주었고, 점점 떨어지는 내 체온으로 바라다지를 따뜻하게 유지하려고 애썼고, 인간들이 나를 보지 못하도록 고개를 숙이고 있었다.

* * *

기능 안정성 60퍼센트에서 하강 중

우리 거주지는 표준에 가까운 모델이었다. 강이 흐르는 좁은 계곡 위쪽의 비교적 평평한 땅 위에 서로 연결된 일곱 개의 돔이 있었고, 전력과 재순환 시스템이 한쪽에 붙어 있었다. 환경 관리 시스템은 있었지만 이 행성의 대기는 호흡이 가능했기에 에어록은 없었다. 다만 장기간에 걸쳐서는 사람에게 그다지 좋지 않을 뿐이었다. 계약상 내가 관심을 가질 문제가 아니라 이유는 모르겠다.

우리가 그 장소를 고른 건 평가 지역 한가운데 있기 때문이었다. 평지 전체에 나무가 흩어져 자라고 있었는데, 높이가 15미터쯤 되고 줄기가 아주 가는데다 나뭇잎이 한 꺼풀 정도로만 하늘을 가리고 있어서 누가 몰래 숨어서 다가오기 어려웠다. 물론 땅속에 굴을 파서 뭔가 올 수 있다는 건 고려하지 않았다.

거주지에는 안전을 위해 보안문이 있었지만, 호퍼가 착륙할 때 허브시스템을 통해 이미 문이 열려 있다는 알림을 받았다. 구라틴 박사가 들것을 준비해서 우리 쪽으로 다가왔다. 오버스와 아라다가 바라다지를 안정시켜놓아서 나는 환자를 내려놓고 다른 인간들을 따라 거주지로 갔다.

인간들은 의무실로 향했다. 나는 잠시 멈춰서 소형 호퍼에게 문을 잠그고 밀폐하라는 명령을 보냈다. 외부 문을 잠근 뒤 드론에게는 보안 피드를 통해 감시 경계를 넓히라고 했다. 뭔가 큰 게 다가온다면 미리 알고 싶었기 때문이다. 그 커다란 것이 굴을 파고 올 때를 대비해 지진계에도 이상 현상이 있으면 내게 알리도록 감시 설정을 해두었다.

거주지의 보안을 확인한 뒤 대기실이라고 부르는 곳으로 돌아갔다. 무기와 탄약, 경보기, 드론, 그리고 나를 포함해 보안과 관련된 장비를 보관하는 곳이었다. 나는 남은 장갑을 벗어버리고 의료시스템의 조언에 따라 다친 곳에 상처봉합제를 뿌렸다. 내 동맥과 정맥은 자동으로 봉합되기에 피가 뚝뚝 떨어지지는 않았지만 그래도 썩 보기 좋은 모습은 아니었다. 그리고 아프기도 했다. 상처를 봉합하고 조금 무뎌지기는 했지만. 나는 누구도 나 없이는 밖에 나갈 수 없도록 허브시스템을 통해 8시간짜리 출입 차단을 걸어놓은 터였고, 그런 다음 내 상태를 휴식 중으로 설정했다. 메인 피드를 확인했지만 아무도 그에 반대하지 않았다.

여기까지 오던 도중 온도 제어 기능이 몇 번 멈추는 바람에 얼어 죽을 것 같았다. 장갑 아래의 보호 피부도 갈기갈기 찢어진 상태였다. 여분의 옷이 몇 벌 있었지만 지금 바로 하나 꺼내 입는 건 실용적이지 못할 뿐 아니라 쉽지도 않았다. 그 외에 내가 가진 옷이라곤 아직·한 번도 입어보지 않은 유니폼뿐이었는데 그것도 내가 입을 수 있을 것 같지 않았다. (거주지 안에서는 순찰을 돌지 않아서 유니폼을 입을 일이 없었고 아무도 그런 요구를 하지 않았다. 여덟 명이 전부였고 그들 모두 친구였으니 그건 바보같이 자원을 낭비하는 일, 그러니까 나 자신의 낭비가 될 터였다.) 나는 한 손으로 보관용 상자를 뒤져 여분의 인간용 구급상자를 꺼냈다. 비상시에는 나도 쓸 수 있었다. 상자를 열고 비상 담요를 꺼내 몸을 둘둘 감은 다음 내 칸막이방에 있는 플라스틱 침대 속으로 기어서 들어갔다. 문을 밀폐하자 하얀 불빛이 들어왔다.

안쪽도 그다지 더 따뜻하지는 않았다. 하지만 적어도 아늑하긴 했다. 나는 재보급 및 수리용 관에 몸을 연결하고 벽에 기댄 채 떨었다. 의료시스템은 친절하게도 내 기능 안정성이 현재 58퍼센트에서 떨어지고 있다고 알려왔다. 놀랄 일은 아니었다. 8시간이면 충분히 수리할 수 있었다. 아마 손상을 입은 유기체 부분이 대부분 다시 자라날 터였다. 그러나 58퍼센트에서는 그동안에 분석을 끝마칠 수 있을지 의문이었다. 그래서 무언가가 나타나 거주지를 먹어치우려 한다면 내게 경고하도록 모든 보안 피드를 설정하고 엔터테인먼트 피드에서 내려받은 미디어를 불러왔다. 너무 아파서 이야기에 집중할 수는 없었지만 익숙한 소리를 들으면 좀 편안해질 것 같았다.

누군가 칸막이방 문을 두드렸다.

나는 문을 바라보다가 깔끔하게 정렬되어 들어오던 입력신호를 모두 놓쳐버렸다. 바보 같은 목소리로 내가 말했다.

"어, 네?"

멘사 박사가 문을 열고 안쪽에 있는 나를 들여다보았다. 나는 인간의 실제 나이를 추측하는 데 익숙하지 않다. 취미 삼아 영상물을 그렇게나 많이 보고도 말이다. 드라마에 나오는 인간들은 현실 속 인간과 별로 비슷하지 않게 생겼다. 적어도 재미있는 드라마에서는 그렇다. 멘사 박사의 피부는 짙은 갈색이었고 머리는 연한 갈색으로 아주 짧았다. 그녀는 아마 젊은 나이는 아닐 것이다. 그랬다면 책임자가 될 수 없었겠지.

멘사가 말했다.

"괜찮아? 상태 보고서를 봤어."

"어…."

그때 나는 정지 상태인 척하고 대답하지 말았어야 했다는 사실을 깨달았다. 나는 담요를 당겨 가슴을 덮으며 살덩어리가 떨어져 나간 모습을 멘사가 보지 못했기를 바랐다. 장갑이 몸을 붙잡아주고 있지 않을 때는 훨씬 끔찍했다.

"괜찮습니다."

어쨌든 나는 실제 인간을 대하는 게 어색했다. 지배모듈을 해킹한 것 때문에 그들을 두려워하거나 의심해서가 아니다. 문제는 인간이 아니었다. 나였다. 나는 내가 끔찍한 살인봇이라는 사실을 안다. 인간들도 안다. 그건 우리 모두를 긴장하게 만들었다. 특히 나는 더 긴장했다. 게다가 내가 장갑을 입고 있지 않다는 건 내가 부상을 입었다는 뜻이고, 그건 내 유기체 부분이 언제든 바닥에 철퍼덕 떨어질 수 있다는 뜻이다. 그런 모습을 보고 싶어 하는 인간은 없다.

"괜찮아?"

멘사가 얼굴을 찡그렸다.

"보고서를 보니까 신체 질량의 20퍼센트를 잃었다고 하던데."

"다시 자랄 겁니다."

인간들에게는 내가 곧 죽을 것처럼 보인다는 사실을 안다. 내가 입은 부상은 인간으로 치자면 팔다리한두 개와 대부분의 혈액을 잃은 것과 같았다.

"알긴 아는데…"

멘사는 한동안 나를 쳐다보았다. 한참 동안을 그러고 있기에 나는 식당의 보안 피드에 접속했다. 그곳에서는 다치지 않은 탐사대원들이 식탁에 둘러앉아이야기를 나누고 있었다. 그들은 지하 생태계가 더클 가능성에 대해 논의했고, 마시고 취할 거리가 있으면 좋겠다는 말을 하고 있었다. 그 정도면 충분히정상으로 보였다. 멘사가 말을 이었다.

"볼레스쿠 박사에게는 잘 대처해줬어. 다른 사람들도 아는 것 같진 않지만… 다들 꽤 인상적이었나 봐."

"그건 긴급 의료 지시 사항의 일부였습니다. 피해자를 차분하게 가라앉히는 겁니다."

나는 담요를 더 단단히 말아서 멘사가 끔찍한 몰골을 보지 못하게 했다. 아래쪽 어딘가에서 뭔가 새는 느낌이 들었다.

"그래. 하지만 의료시스템은 바라다지를 우선순위에 놓고 볼레스쿠의 생체 신호를 확인하지 않았어. 그 사건이 줄 충격을 고려하지 않아서 볼레스쿠가 알아서 그곳을 빠져나올 거라고 예상했지."

피드를 보니 다른 인간들이 볼레스쿠의 현장카메라 영상을 검토해본 게 분명했다. 그들은 내가 얼굴이 있었는지도 몰랐다는 등의 말을 주고받고 있었다. 우리가 도착한 이래 나는 쭉 장갑을 입고 있었고, 인간들 주위에 있을 때는 헬멧의 봉인을 푼 적이 없었다. 특별한 이유가 있었던 건 아니었다. 인간들이 유일하게 본 내 신체 일부는 머리였다. 그건 평범하고 일반적인 인간 머리였다. 하지만 인간들은 내게 말을 걸려고 하지 않았고, 나도 당연히 인간들에게 말을 하고 싶지 않았다. 근무 중에는 방해만 될 뿐이고 휴식 중에는… 인간들과 이야기하고 싶지 않았다. 멘사는 대여 계약서에 서명할 때 나를 보았다. 하지만 보는 둥 마는 둥 했을 뿐이고 나 역시 그랬다. 거듭 말하지만, 살인봇＋실제 인간＝어색함이라는 공식 때문이었다. 항상 장갑을 착용하고 있으면 불필요한 상호작용을 막을 수 있다.

내가 말했다.

"제 임무의 일부입니다. 시스템이… 실수를 할 때는 시스템 피드에 따르지 않습니다."

그래서 유기체 부분이 있는 복합적인 구성체로 된 보안유닛이 필요한 것이다. 하지만 멘사도 알고 있을 게 분명했다. 멘사는 나를 인계받겠다는 승낙을 하기 전에 열 번 정도 그럴 필요 없다는 반대 의견을 냈다. 충분히 이해할 수 있는 일이다. 나라도 나를 원하지 않았을 테니.

나는 내가 왜 이 말을 꺼내지 않았는지 정말로 모르겠다. 와줘서 기쁘지만 조용히 앉아서 체액을 흘릴 수 있게 칸막이방에서 좀 나가달라는 말을.

"그래, 좋아."

멘사는 그렇게 말하고 나를 바라보았다. 객관적으로는 2.4초, 주관적으로는 20분은 되는 것처럼 끔찍했다.

"8시간 뒤에 보자. 그 전에 필요한 게 있으면 피드로 알림 보내줘."

멘사가 몸을 뒤로 빼고 문을 닫았다.

나는 도대체 무엇 때문에 다들 놀라워하는지 궁금해서 사건 기록을 불러왔다. 그래, 놀랍긴 했다. 크레이터 옆으로 올라올 때까지 내가 계속 볼레스쿠에게 말을 걸고 있었다. 나는 호퍼의 경로와 바라다지의 출혈, 그리고 또다시 크레이터 밖으로 튀어나올지도 모르는 존재에 거의 모든 정신을 기울이고 있었다. 그래서 사실상 내 목소리를 거의 듣지 않고 있었다. 나는 볼레스쿠에게 아이가 있느냐고 물었다. 상상도 못할 일이었다. 어쩌면 내가 너무 드라마를 많이 본 건지도 몰랐다. (볼레스쿠는 아이가 있었다. 4인 혼인 상태였고 자녀가 일곱 명이었다. 모두 볼레스쿠의 파트너들과 함께 고향에 있었다.)

휴식 시간치고는 내 모든 수치가 너무 높게 올라

갔다. 이렇게 된 마당에 다른 기록도 살펴보기로 했다. 그때 이상한 점을 발견했다. 내 지배모듈을 제어하는, 아니 지금은 그렇다고 속고 있는 허브시스템의 명령 피드에 '중단' 명령이 있었다. 그건 잘못된 명령이었을 게 분명했다. 그래도 상관없었다. 의료시스템에 우선권이 있을 때는─

기능 안정성 39퍼센트

긴급 수리 과정을 위해 정지 상태로 들어감

2

깨어났을 때는 사라진 부분이 대부분 다시 돌아와 있었다. 효율성은 80퍼센트에서 더 올라가고 있었다. 나는 곧바로 피드를 모두 확인했다. 인간들이 밖으로 나가고 싶어 할 때를 대비해서였지만, 멘사가 거주지의 출입 차단 명령을 4시간 더 늘려놓은 상태였다. 다행이었다. 그 정도면 내 상태는 98퍼센트 정도로 올라갈 수 있으니. 하지만 멘사에게 보고하라는 지시도 와 있었다. 전에는 한 번도 없던 일이다. 어쩌면 위험 정보 패키지를 살펴보고 싶었을지도, 그리고 왜 그게 지하의 괴물을 사전에 경고하지 않았는지 알아보고 싶은 걸지도 몰랐다. 나 역시 그 점이 조금 궁금했다.

이 단체는 보존지원단이라고 불렸다. 그들은 이 행성의 자원에 대한 옵션을 매입했고, 이번 탐사는 독점 소유권에 입찰할 만한 가치가 있는지 확인하기 위한 것이었다. 그게 무슨 일이든 간에 할 일을 하는 동안 이 행성에 인간을 잡아먹을지도 모르는 게 있는지 알아두는 건 꽤 중요했다.

나는 내 고객이 어떤 인간인지, 무슨 일을 하려는 건지 별로 신경 쓰지 않는다. 다만 이 단체가 자유보유권을 인정하는 행성에서 왔다는 건 알고 있었다. 하지만 굳이 자세히 알아보려고 하지는 않았다. 자유보유권이 있다는 말은 그 행성이 테라포밍과 개척 과정을 거쳤지만, 어떤 기업 연합에도 속해 있지 않다는 뜻이었다. 자유보유권이라는 말은 대체로 개판이라는 뜻으로 통하기에 나는 그 인간들에게서 많은 것을 기대하지 않았다. 하지만 놀랍게도 그들은 함께 일하기 쉬운 부류였다.

나는 새로 돋아난 피부에 묻은 액체를 씻어낸 뒤 칸막이방 밖으로 나왔다. 문득 다시 조립하지 않은 장갑이 내 몸에서 나온 체액과 바라다지의 피를 뒤집어쓴 채 바닥 여기저기에 널브러져 있다는 사실을 깨달았다. 멘사가 칸막이방 안을 들여다본 것도 이상할 게 없었다. 아마 내가 그 안에서 죽어 있다고 생각했겠지. 나는 수리를 위해 장갑을 전부 재생기의 각 슬롯에 다시 넣었다.

장갑이 한 벌 더 있었지만 아직 창고에 포장된 채였다. 그걸 꺼내서 상태를 점검하고 몸에 맞추려면 추가로 시간이 들 터였다. 유니폼을 들고 망설였지만 보안 피드가 멘사에게 내가 깨어났다고 알렸을 테니 가봐야 했다.

연구팀의 표준 유니폼을 바탕으로 제작된 이 유니폼은 거주지 안에서 편안하게 입을 수 있었다. 회색 니트 바지와 긴 팔 티셔츠, 재킷으로 되어 있었는데, 인간과 증강인간이 입는 운동복 같은 옷에 부드러운 신발까지 포함되었다. 나는 유니폼을 입었다. 소매를 내려 팔에 있는 총구를 가리고 밖으로 나와 거주지로 향했다.

내부 보안문 두 개를 통과하자 거주 구역이 나왔

다. 인간들은 메인 허브에서 콘솔 하나를 둘러싸고 아무렇게나 서서 공중에 떠 있는 화면 중 하나를 바라보고 있었다. 아직 의무실에 있는 바라디지와 그와 함께 있는 볼레스쿠를 빼면 모두 와 있었다. 몇몇 콘솔 위에는 머그잔과 빈 식량 포장지가 놓여 있었고, 나는 확실한 명령을 받지 않는 한 그걸 치우지 않을 생각이었다.

멘사가 아주 바빴기에 나는 서서 기다렸다.

라티가 나를 흘긋 보고 지나치더니 깜짝 놀라서 다시 나를 바라보았다. 나는 어떻게 반응해야 할지 몰랐다. 이게 바로 내가 웬만하면 장갑을 입는 이유다. 장갑이 불필요하고 걸리적거리기만 하는 거주지 안에서조차 입는 게 낫다. 인간 고객은 대개 나를 로봇으로 여기는 걸 선호하고, 내가 장갑을 입으면 훨씬 그러기 쉽다. 나는 눈의 초점을 흐릿하게 만들고 진단 프로그램을 돌리는 척했다.

당황한 표정이 역력한 얼굴로 라티가 말했다.

"이게 누구지?"

다들 고개를 돌려 나를 보았다. 이마에 인터페이스

를 갖다 대고 콘솔 앞에 앉아 있던 멘사만 빼고. 볼레스쿠의 카메라 영상에서 내 얼굴을 보고서도 헬멧이 없으면 나를 알아보지 못하는 게 분명했다. 결국 내가 그 인간들을 보며 말해주어야 했다.

"저는 여러분의 보안유닛입니다."

다들 놀랍고 불편한 기색이었다. 거의 나 못지않게 불편해했다. 나는 늦더라도 여분의 장갑을 꺼내 입고 올 걸 하고 생각했다.

그 이유 중에는 인간들이 내가 여기에 있는 걸 원치 않는다는 것도 있었다. 이 허브에서만이 아니라 이 행성에 내가 있는 게 싫다는 소리다. 하지만 보증회사는 보안유닛을 사용하라고 요구하는데, 고객에게 더 비싼 가격을 받아낼 수 있기 때문이기도 하지만 내가 탐사대원들의 대화를 항상 녹음한다는 것도 그 이유 중 하나다. 사실 내가 뭔가를 감시하는 건 아니었지만 그렇다고 일을 대충 할 필요는 없었다. 그러나 회사는 그런 모든 기록에 접속해서 데이터마이닝을 한 뒤 팔 수 있는 건 뭐든지 찾아낼 것이다. 물론 회사는 인간들에게 그런 이야기를 하지 않는다.

하지만 그걸 모르는 인간은 없다. 그렇다고 해서 할 수 있는 건 없지만.

주관적으로는 30분, 객관적으로는 3.4초가 지난 뒤 멘사 박사가 고개를 돌려 나를 보고는 인터페이스를 내렸다.

"이 지역의 위험 보고서를 확인하고 있었어. 그게 왜 위험 동물군 목록에 없는지 알아보려고. 핀-리는 그 데이터가 바뀌었다고 생각해. 우리 대신에 보고서를 점검해주겠어?"

"네, 멘사 박사님."

이런 일은 칸막이방 안에서도 할 수 있었고, 그랬다면 우리 모두 어색한 상황은 피할 수 있었을 것이다. 어쨌든 나는 멘사가 허브시스템에서 보고 있던 피드를 받아서 보고서를 확인하기 시작했다.

그 보고서는 기본적으로 이 행성과 우리 거주지가 있는 특정 지역에 관한 적절한 정보와 경고가 적힌 목록이었다. 특히 날씨, 지형, 동식물, 공기질, 광물 매장 상황이 기록되어 있었고, 이중 어느 하나 혹은 모두와 관련된 위험 요소가 강조되어 있었다. 여

기서 좀 더 자세한 정보를 알 수 있는 하위 보고서로
도 연결되어 있었다. 가장 말수가 적은 편인 구라틴
박사는 몸 안에 인터페이스를 심은 증강인간이었다.
터치 인터페이스를 사용하는 다른 인간들은 희미한
유령 같았던 반면, 구라틴이 데이터를 쑤시고 다니는
건 느낄 수 있었다. 물론 내가 구라틴보다 처리 능력
이 훨씬 더 뛰어나긴 했지만.

나는 인간들이 편집증적이 되어가고 있다고 생각
했다. 인터페이스가 있다고 해도 글자는 직접 읽어야
한다. 되도록이면 전부. 하지만 비증강인간은 그러지
않을 때가 있다. 때로는 증강인간들도 마찬가지다.

일반 경고 항목을 확인하다가 문서 서식에 뭔가 이
상한 점이 있음을 알아챘다. 재빨리 보고서의 다른
부분과 비교해보니 뭔가가 지워져 있었다. 하위 보고
서로의 연결이 깨져 있던 것이다.

"여러분이 맞습니다."

사라진 부분을 찾아 데이터 저장소를 훑어보다 심
란해진 내가 말했다.

그 부분을 찾을 수가 없었다. 단순히 연결이 깨진

게 아니었다. 누군가 고의로 하위 보고서를 지운 것이다. 이런 유형의 행성 탐사 패키지는 그런 게 불가능해야 했다. 하지만 정말로 불가능하지는 않은 모양이었다.

"경고 목록과 동물에 관한 항목에서 뭔가 지워졌습니다."

대부분 상당히 화를 내는 반응을 보였다. 핀-리와 오버스는 큰 소리로 불만을 터뜨렸고, 라티는 과장된 몸짓으로 허공에 두 팔을 휘둘렀다. 하지만 내가 말했듯이 이 인간들은 모두 친구 사이였고, 내 지난번 계약 건과 비교해보면 서로 훨씬 더 거리낌 없이 행동했다. 굳이 인정하자면 이게 바로 내가 이번 계약을 즐기고 있는 이유였다. 최소한 뭔가가 나와 바라다지를 잡아먹으려고 하기 전까지는 그랬다.

보안시스템은 모든 것을 기록한다. 침실 안에서 일어나는 일까지도. 나는 모든 것을 본다. 그래서 로봇인 척하는 게 더 편하다. 오버스와 아라다는 커플이었다. 행동하는 것으로 봐서는 원래부터 그랬던 것 같았다. 이 둘은 라티와 가장 친했다. 라티는 핀-리에게 마음이 있었는데, 바보 같은 행동을 하지는 않았다. 핀-리는 화를 많이 냈고 다른 인간이 없을 때는 물건을 집어던졌다. 그게 라티 때문은 아니었다. 나는 회사의 시선 아래 있다는 사실이 다른 무엇보다 핀-리에게 영향을 끼친다고 생각했다. 볼레스쿠는 거의 반했다고 할 수 있을 정도로 멘사를 동경했다. 핀-리도 그랬다. 하지만 핀-리와 바라다지는 한동안 그래왔던 것처럼 오래되고 편한 방식으로 시시덕거린다. 구라틴은 유일하게 혼자 있는 인간이었다. 하지만 다른 인간과 함께 있는 것을 좋아하는 듯했다. 조용히 살짝 웃곤 했는데, 다들 구라틴을 좋아했다.

여기는 스트레스가 낮은 집단이었다. 그다지 논쟁도 많지 않았고, 재미 삼아 서로 대립하는 일도 없었다. 그들은 함께 있어도 상당히 편안해했다. 물론 어떤 식으로든 내게 말을 걸거나 나와 교류하려 하지 않는 한 그랬다.

절망스러워하던 라티가 말했다.

"그러니까 그 괴물이 특이한 경우인지, 아니면 모든 크레이터 바닥에 그런 게 있는지 알 수 없다는 거네?"

생물학 전문가 중 한 명인 아라다가 말했다.

"뭐 아마 크레이터마다 있을 거야. 만약 우리가 스캔 결과에서 본 커다란 새들이 저런 방파제 섬에 자주 내려앉는다면, 그 괴물이 이 새들을 잡아먹으면서 살 수도 있어."

"그러면 그런 크레이터가 왜 있는지도 설명할 수 있겠지."

멘사가 좀 더 신중하게 말했다.

"그렇다면 적어도 예외적인 상황 하나는 없어진 셈 칠 수 있을 거고."

"그런데 누가 하위 보고서를 지웠을까?"

핀-리가 말했다. 나 역시 이게 더 중요한 질문이라고 생각했다. 핀-리가 평소에도 그러듯이 갑자기 몸을 움직이며 나를 보았다. 나는 아직 그럴 때마다 어떻게 반응해야 할지 알지 못했다.

"허브시스템도 해킹할 수 있어?"

바깥에서는 어떤지 나도 전혀 몰랐다. 안에서는 내 몸에 내장된 인터페이스를 이용하면 숨 쉬는 것만큼이나 쉽게 할 수 있었다. 우리가 거주지를 세웠을 때 난 허브시스템이 온라인 상태가 되자마자 해킹했다. 그래야만 했다. 만약 허브시스템이 예정대로 내 지배 모듈과 피드를 감시했다면, 나는 어색한 질문을 엄청 많이 받은 뒤 부품별로 쪼개졌을 터였다.

내가 말했다.

"제가 아는 한 가능합니다. 하지만 여러분이 탐사 패키지를 받기 전에 보고서가 손상됐을 가능성이 더 높습니다."

최저가 입찰이었겠지. 그런 건 내가 잘 안다.

이런 구린 장비를 비싸게 팔아먹었다는 데 대해 다들 불만스러워하며 투덜거렸다. (난 개인적으로 받아들이지 않았다.)

멘사가 말했다.

"구라틴, 어쩌면 너하고 핀-리가 어떻게 된 일인지 알아낼 수 있을지도 몰라."

내 고객 대부분은 각자 자기 분야밖에 몰랐다. 탐사대에 시스템 전문가를 딸려 보낼 이유는 없었다. 회사가 시스템과 부속물(의료 장비, 드론, 나 등등)을 모두 제공하며, 고객이 구입한 전체 패키지에는 유지보수도 포함되어 있었다. 하지만 핀-리는 시스템 해석에 아마추어 정도의 재능이 있는 것 같았고, 구라틴은 인터페이스를 이식했다는 장점이 있었다.

멘사가 덧붙였다.

"그러고보니 델타폴 그룹도 우리랑 똑같은 탐사 패키지를 갖고 있지 않나?"

내가 확인했다. 허브시스템은 아마 그럴 거라고 생각했지만 이제 우리는 허브시스템의 의견을 완전히 믿지 못했다.

"아마도 그럴 겁니다."

내가 말했다. 우리와 비슷한 탐사단인 델타폴은 이 행성 반대편 대륙에 있었다. 우리보다 규모가 큰 델타폴은 다른 우주선을 타고 내려와서 직접 만나보지는 못했지만 통신으로는 자주 이야기했다. 그곳의 인간들은 내 계약과는 상관이 없었고, 그들은 자체 보안유닛을 갖고 있었다. 고객 열 명당 한 기가 표준이었다. 긴급 상황에서는 우리끼리 서로 연락할 수 있지만, 행성 반대편에 있다 보니 자연히 통신이 막혀 있었다.

멘사는 의자에 기대 양손의 손가락을 마주 댔다.

"좋아. 이렇게 하자. 탐사 패키지에서 각자 자기 전문 분야에 해당하는 부분을 확인해. 빠진 정보가 더 있는지 정확하게 찾아보자고. 결과가 나오면 델타 폴에 연락해서 우리한테 파일을 보내달라고 하는 거야."

내가 할 일이 없다는 점에서 좋은 계획 같았다.

"멘사 박사님, 제가 할 일은 없을까요?"

멘사는 의자를 돌려 나를 보았다.

"없어. 물어볼 게 있으면 연락할게."

예전에 했던 계약 중에는 낮이고 밤이고 여기 서서 기다려야 했던 건도 있었다. 혹시 내게 시킬 일이 있을지도 모르는데 피드로 연락하기는 귀찮다는 이유였다.

곧 멘사가 덧붙였다.

"뭐, 원하면 여기 거주 구역에 있어도 돼. 그럴래?"

다들 나를 바라보았다. 대부분 웃고 있었다. 평소에 장갑을 입고 지내는 건 불투명한 안면보호대에 익

숙해진다는 단점이 있다. 나는 표현을 제어하는 연습이 되어 있지 않았다. 내 얼굴은 아마 놀라서 얼어붙은 상태인 게 거의 확실했다. 아니면 소름 끼친 표정이거나.

멘사가 놀라더니 몸을 일으켰다. 그리고 서둘러 말했다.

"아니면 말고. 뭐, 마음대로 해."

"주위 경계를 확인해야 합니다."

내가 말했다. 그리고 무서운 적 한 무리로부터 도망치는 것처럼 보이지 않도록, 아주 평범하게 거주 구역을 나갔다.

* * *

안전한 대기실로 돌아온 나는 플라스틱으로 코팅된 벽에 머리를 기댔다. 탐사대 인간들도 이제 알 터였다. 그들이 살인봇이 곁에 있는 걸 원치 않는 것처럼, 살인봇 역시 그들 곁에 있는 걸 원치 않는다는 것을. 아주 약간이지만 나는 속마음을 들키고 말았다.

그래서는 안 된다. 나는 숨길 게 너무 많았다. 하나 둘씩 들키다 보면 나머지도 장담할 수 없다.

나는 봄을 일으켜 실제로 뭐든 하기로 했다. 사라진 하위 보고서에 관해 명령을 받은 건 아니지만 그것 때문에 살짝 조심스럽기는 했다. 내 교육모듈은 싸구려였다. 내가 보안에 관해 알고 있는 내용 대부분은 엔터테인먼트 피드에 있는 교육 프로그램에서 배운 것이었다. (탐사대나 광물, 생물, 기술 회사에 우리를 대여하도록 요구하고 그러지 않으면 보증을 서지 않는 데는 이런 이유도 있다. 우리는 싸구려고 구리다. 꼭 그래야 하는 경우가 아니라면 우리를 살인이 아닌 목적으로 고용하려는 사람은 아무도 없을 것이다.)

나는 여분의 보호피부와 장갑을 입고 경계를 돌며 지형 지진 측정기에 뜬 현재 수치를 처음 왔을 때와 비교했다. 라티와 아라다가 보낸 피드에 주석이 달려 있었다. 이제 "제1위협"이라고 부르는 이 동물들이 탐사 지역의 이례적인 크레이터를 전부 만들었을지도 모른다는 내용이었다. 하지만 거주지 근처에는 변한 게 없었다.

나는 대형 호퍼와 소형 호퍼에 비상용 물품이 빠짐없이 있는지도 확인했다. 며칠 전에 내가 직접 챙겨둔 것이지만 마지막으로 확인한 뒤에 인간들이 바보 같은 짓을 하진 않았는지 주로 확인했다.

생각해낼 수 있는 일은 모두 했다. 그리고 마침내 대기 상태로 들어가 밀린 드라마를 보았다. 〈거룩한 위성〉의 에피소드 세 편을 보고 섹스 신을 빠르게 넘겨보고 있을 때 멘사 박사가 피드를 통해 이미지 몇 장을 보냈다. (내게는 젠더 혹은 섹스와 관련된 부위가 없다. 만약 그런 게 있는 구성체라면 살인봇이 아니라 환락가에 있는 섹스봇일 것이다. 따라서 나는 섹스 신이 지루하다. 아마 내게 섹스 관련 부위가 있었다고 해도 지루했을 것이다.) 나는 멘사가 보낸 이미지를 확인한 뒤 드라마를 멈춘 지점을 저장했다.

고백하자면 나는 사실 우리가 어디 있는지 모른다. 탐사 패키지 안에는 이 행성의 완벽한 위성 지도가 있거나, 혹은 있어야 한다. 인간들은 그걸 보고 어디를 평가해야 할지 결정한다. 나는 아직 지도를 보지 않았고, 탐사 패키지도 거의 보지 않았다. 변명하자면 우리는 이 행성 날짜로 22일 동안 여기 있었고, 그동안 나는 가만히 서서 인간들이 흙, 바위, 물, 나뭇잎 표본을 스캔하거나 채취하는 모습을 쳐다보는 것 외에는 아무런 할 일이 없었다. 전혀 급할 일이 없었다. 게다가 여러분도 눈치챘을지 모르겠지만, 난 아무런 관심도 없다.

따라서 지도에서 빠진 구역이 여섯 군데 있다는 건 내게 새로운 소식이었다. 핀-리와 구라틴이 불일치를 찾아냈고, 멘사는 내가 그걸 탐사 패키지가 싸구려라 오류가 난 거라고 생각하는지, 아니면 해킹의 일부라고 생각하는지 궁금해했다. 난 우리가 피드로 소통하고 있으며 멘사가 통신기로 직접 말을 걸지 않았다는 사실에 감사했다. 너무나 감사한 나머지 아마도 탐사 패키지가 싸구려라 그런 것이겠지만, 확실하게 알아보려면 밖으로 나가서 사라진 구역을 직접 보고 저 지루한 풍경 외에 특이한 게 있는지 확인하는 수밖에 없다는 내 진짜 의견을 들려주었다. 정확히 그렇게 말하지는 않았지만, 그런 뜻이었다.

멘사는 피드에서 잠시 주의를 돌렸지만 나는 그대

로 집중하고 있었다. 멘사가 결정을 빨리 내리는 편이라 드라마를 다시 틀었다가는 곧 방해를 받게 된다는 걸 알고 있었기 때문이다. 나는 인간들의 대화를 들을 수 있도록 허브시스템의 보안카메라 화면을 열었다. 다들 확인하고 싶어 했고, 기다려야 할지 말지 계속 의견이 왔다 갔다 했다. 방금 다른 대륙에 있는 델타폴과 통신을 마쳤는데, 그쪽에서 사라진 탐사 패키지 파일을 보내주기로 한 상태였다. 내 고객 중 일부는 먼저 또 사라진 게 있는지 확인하자고 했고, 다른 인간들은 지금 가자고 했다. 그리고 어쩌고저쩌고 계속 이어지는 말들.

나는 이야기가 어떻게 흘러갈지 알 수 있었다.

오래 걸리는 여행은 아니었다. 여태까지 평가 활동을 했던 범위에서 그다지 멀리 나가는 게 아니었다. 하지만 뭐가 있는지 모르는 곳으로 날아간다는 건 보안 측면에서 확실히 적신호였다. 내가 혼자 가는 것이 현명한 방법이겠지만, 지배모듈 때문에 나는 항상 적어도 고객 중 한 명으로부터 100미터 안에 있어야 했다. 그렇지 않으면 회로가 나가버릴 것이다. 인간들도 그걸 알았다. 그러니 다른 대륙으로 건너가는 단독 여행에 자원했다가는 의심을 살지도 몰랐다.

그래서 멘사가 다시 피드를 열고 가겠다고 이야기했을 때 나는 보안 규정에 따라 함께 가야 한다고 말했다.

3

하루 주기가 시작될 때쯤 우리는 아침 햇빛을 받으
며 떠날 준비를 마쳤다. 위성 날씨 정보에 따르면 비
행하면서 스캔하기에 좋은 날이 될 터였다. 나는 의
료시스템을 확인했고, 바라다지가 깨어나 이야기하
고 있는 모습을 보았다.

소형 호퍼에 장비 싣는 일을 돕다가 인간들이 나를
선실에 태우려 한다는 사실을 알아챘다.

그나마 다행인 건 내가 장갑을 입고 있었고, 내 헬
멧은 불투명하다는 점이었다. 멘사가 나더러 부조종
사 자리에 앉으라고 말했을 땐 처음에 느꼈던 것처럼

끔찍하지는 않았다. 아라다와 핀-리는 내게 말을 걸지 않았고, 라티는 내가 그의 옆을 천천히 지나쳐 조종실로 가는 동안 시선을 돌렸다.

다들 나를 보거나 내게 말을 걸지 않으려고 아주 조심했던 터라 나는 공중에 뜨자마자 허브시스템이 녹음한 인간들의 대화를 무작위로 넘기면서 재빨리 확인했다. 멘사가 마치 내가 진짜 인간이라도 된 것처럼 인간들과 함께 허브에 있어도 된다고 말했을때, 나는 생각보다 평점심을 잘 유지하고 있었다고 스스로 믿고 있었다.

그런데 그 직후에 오갔던 대화를 살펴보고 있자니 땅이 쑥 꺼지는 느낌이었다. 내가 생각했던 것보다 더 좋지 않았다. 인간들은 이야기를 나눈 뒤 모두 '내가 원하는 것 이상으로 더 밀어붙이지 말자'는 데 동의했다. 다들 너무 상냥했고, 그건 정말 참기 어려웠다. 나는 두 번 다시 헬멧을 벗지 않을 작정이었다. 인간과 말을 섞어야 한다면, 이 바보 같은 일을 대충이나마 하기도 힘들다.

보안유닛과 함께해본 경험이 전혀 없는 고객은 처

음이었다. 그러니까 그 점을 조금만 더 생각해보았더라면 이런 사태를 예상할 수 있었을 거라는 말이다. 장갑을 입지 않은 내 모습을 보여준 건 큰 실수였다.

멘사와 아라다가 그에 대해 내 이야기를 들어보려 했던 인간들을 제지하기도 했다. 세상에, 살인봇에게 어떻게 느끼냐고 묻는다니. 그런 생각만으로도 너무 고통스러워서 효율이 97퍼센트로 떨어졌다. 차라리 제1위협의 입속으로 다시 기어 들어가는 게 나을 지경이었다.

내가 이런 걱정을 하는 동안 인간들은 창밖의 고리를 쳐다보거나 호퍼가 스캔한 새로운 풍경을 피드로 살폈고, 거주지에서 우리의 진행 상황을 좇고 있는 다른 인간들과 통신으로 이야기를 나눴다. 나는 정신이 산만했지만 그래도 자동조종이 갑작스럽게 중지된 순간을 놓치지는 않았다.

문제가 될 수도 있었지만 내가 부조종석에 있었던 덕분에 제때 조종을 넘겨받을 수 있었다. 그러나 내가 거기에 없었다고 해도 괜찮았을 것이다. 멘사가 조종을 하고 있었고 멘사는 절대 조종간에서 손을 떼지 않기 때문이다.

행성용 비행기의 자동조종이 완전한 봇-조종 시스템만큼 정교한 건 아니지만, 그럼에도 어떤 고객은 자동조종을 켜놓고 뒤로 가거나 잠을 잔다. 멘사는 그러지 않았고 다른 인간이 조종할 때도 그 규칙을 지키게 했다. 멘사는 그저 신중한 말투로 투덜거리는 소리를 내더니, 자동조종이 고장 난 채로 두었다면 우리가 처박혔을 산으로부터 비켜나가도록 경로를 조정했다.

나는 인간들이 내 감정에 관해 이야기하려는 것 때문에 느꼈던 공포에서 빠져나왔다. 그리고 멘사가 그런 행동을 제지했다는 것에 감사를 느꼈다. 멘사가 자동조종을 다시 시작하자, 나는 자동조종이 허브시스템의 결함 때문에 꺼졌다는 사실을 멘사에게 보여주려고 기록을 불러와 피드로 보냈다. 멘사는 나직하게 욕설을 내뱉고는 고개를 저었다.

* * *

지도에서 빠진 구역은 우리가 평가해야 할 범위에서 그렇게 멀리 떨어져 있지 않았고, 내가 내부 저장소에 쌓아 놓은 드라마를 건드리기도 전에 도착했다.

멘사가 다른 인간들에게 말했다.

"거의 다 왔어."

우리는 깊숙한 계곡을 덮고 있는 빽빽한 열대우림 위를 날고 있었다. 그러다 갑자기 숲이 멀어지며 호수와 작은 관목이 드문드문 보이는 평지가 나타났다. 낮은 산마루들과 거대한 암석들이 널브러져 있는 지형 위에 바위가 아주 많았다. 바위는 짙은 색이었고 유리처럼 매끄러웠다. 마치 화산 유리 같았다.

다들 스캔 결과를 살펴보느라 기내는 조용했다. 아라다는 살펴보던 지진 데이터를 거주지에 있는 다른 인간들에게 피드로 전달했다.

"위성이 이 지역 지도를 만들지 못했을 만한 이유는 안 보이는데."

핀-리가 말했다. 호퍼가 얻어낸 데이터를 정리하면서 한 말이라 목소리가 멀게 들렸다.

"특이한 사항은 없어. 이상하네."

"이 바위들에 스텔스 기능이 있어서 위성이 찍을 수가 없나 보지."

아라다가 말했다.

"스캐너가 좀 웃기게 작동하고 있네."

"스캐너는 회사 똥구멍을 빨아대니까."

핀-리가 중얼거렸다.

"착륙해야 할까?"

멘사가 말했다. 그건 내게 안전에 관한 평가를 묻는 말이었다.

스캔은 그럭저럭 작동하면서 몇몇 위험 요소를 표시하고 있었다. 하지만 이미 예전에 접했던 위험 요소와 별로 다르지 않았다.

내가 말했다.

"해도 됩니다. 하지만 이 행성에서 적어도 한 생명체는 바위 속으로 굴을 파고 다닌다는 걸 우리는 알고 있습니다."

아라다가 빨리 가고 싶다는 듯 자리에서 엉덩이를 들썩였다.

"나도 조심해야 한다는 건 알지만 위성 스캔에서

이 부분이 빠진 게 우연인지 고의인지 알면 더 안전할 것 같아."

그때 나는 인간들도 누군가의 고의적인 방해일 가능성을 무시하지는 않는다는 걸 깨달았다. 핀-리가 허브시스템이 해킹당할 수 있느냐고 물었을 때 깨달았어야 했다. 하지만 그때는 인간들이 나를 쳐다보고 있었고, 나는 그저 그곳을 벗어나고 싶었다.

라티와 핀-리가 아라다의 의견에 동조했다. 그리고 멘사가 결정을 내렸다.

"내려서 표본을 채집하자."

거주지에서 통신이 들어오며 바라다지의 목소리가 들렸다.

"조심해."

여전히 떨리는 목소리였다.

멘사가 부드럽게 하강했다. 호퍼의 발판이 땅에 쿵하며 닿았다. 나는 이미 일어나 해치 옆에 서 있었다.

인간들이 보호복 헬멧을 착용한 걸 확인한 뒤 해치를 열고 경사로를 내렸다. 바위로 덮인 부분은 가까이에서 봐도 유리 같았다. 대부분은 검은색이었지만 여러 가지 색이 뒤섞여 있었다. 이 정도로 지면에 가까이 내려오자 호퍼의 스캐너로 지진 활동이 없었다는 걸 확인할 수 있었다. 하지만 나는 혹시 있을지 모르는 무언가에게 나를 공격할 기회를 주기라도 하는 것처럼 조금 걸어보았다. 인간들이 내가 진짜로 일을 하는 모습을 보면, 지배모듈이 고장 난 게 아닌가 하는 의심이 덜 들 것이다.

멘사가 내려왔고 아라다가 뒤따랐다. 두 인간은 이리저리 돌아다니며 휴대용 스캐너로 정보를 좀 더 얻어냈다. 다른 인간들은 표본 채집 키트를 꺼내 바위 유리인지 유리 바위인지 모를 것에서 조각을 떼어내고 흙과 식물의 일부를 담았다. 인간들은 자기들끼리 속닥였고, 거주지에 있는 인간들에게도 뭐라고 말을 했다. 그들은 피드로 데이터를 보냈지만 나는 신경 쓰지 않았다.

이상한 곳이었다. 우리가 조사했던 다른 지역과 비교하면 조용했다. 새 같은 것들의 소리도 별로 안 들렸고, 동물이 움직인 흔적도 없었다. 어쩌면 여기저기 흩어진 바위 때문에 가까이 오지 않는 걸지도 몰랐다. 나는 조금 더 걸으며 호수 몇 개를 지나쳤다. 호수 아래에서 뭔가 볼 수 있을 것만 같았다. 가령 사체라든가. 지난 계약에서는 사체를 많이 보았지만(그리고 그중 상당수는 내 짓이었지만) 이번 계약에서는 죽은 몸뚱이가 없었다. 아직까지는. 괜찮은 변화였다.

멘사는 조사 경계를 설정하고 공중 스캔 결과 위험하거나 잠재적으로 위험한 지역을 모두 표시했다. 나는 다시 인간들을 모두 확인했고 아라다와 라티가 위험 표지 중 하나를 향해 똑바로 가는 것을 보았다. 나는 두 인간이 경계에서 멈출 거라고 생각했다. 다른 평가 활동에서는 늘 아주 조심스러웠으니까. 그래도 나는 그 방향으로 움직이기 시작했다. 그때 두 인간이 경계를 지나갔다. 나는 뛰기 시작했다. 멘사에게 현장카메라 피드를 보내며 음성통신으로 말했다.

"아라다 박사님. 라티 박사님. 멈추십시오. 여러분은 경계를 지나 위험 표지로 다가가고 있습니다."

"우리가?"

라티는 크게 당황한 듯했다.

다행히 둘 다 멈췄다. 내가 도착할 때쯤 둘 다 내

피드로 지도를 보냈다.

"뭐가 문제인지 모르겠어."

아라다가 혼란스러운 투로 말했다.

"위험 표지가 안 보이는데."

아라다가 그들의 위치를 표시해주었는데, 지도 위의 두 인간은 경계선 한참 안쪽에서 습지를 향해 가고 있었다.

내가 문제를 파악하는 데는 1초가 걸렸다. 나는 내 지도와 실제 지도를 두 인간의 지도 위에 겹쳐서 멘사에게 보냈다.

"젠장."

멘사가 통신으로 말했다.

"라티, 아라다. 너희들 지도가 틀렸어. 어떻게 된 거지?"

"결함이야."

라티가 말하고는 자기 피드로 화면을 살펴보며 얼굴을 찡그렸다.

"이쪽에 있는 표지가 전부 지워졌어."

나는 남은 오전 내내 그렇게 시간을 보내야 했다.

위험 표지를 보지 못하는 인간들이 그곳에 가까이 가지 못하게 쫓아내면서. 그러는 동안 핀-리는 수시로 욕설을 내뱉으며 지도 스캐너를 고치려고 했다.

"이 사라진 구역이 그냥 지도를 만들 때 오류가 생겨서 그런 것 같다는 생각이 점점 들고 있어."

라티가 어느 시점에선가 숨을 헐떡이며 말했다. 그전에 라티는 뜨거운 진흙구덩이라고 부르는 곳에 걸어 들어가는 바람에 내가 끄집어내야 했다. 우리 둘 다 허리까지 산성 진흙에 덮여버렸다.

"오, 그러셔?"

핀-리가 피곤한 기색으로 대답했다.

멘사가 호퍼로 돌아가자고 하자 다들 안도했다.

* * *

우리는 별문제 없이 거주지로 돌아갔다. 이제는 아무 일 없는 게 비정상처럼 느껴졌다. 인간들은 데이터를 분석하러 갔고, 나는 대기실에 숨어서 보안 피드를 확인한 뒤 칸막이방 안에 누워서 드라마를 봤다.

다시 한번 경계를 순찰하고 드론을 점검한 뒤였다. 피드를 통해 허브시스템이 위성에서 업데이트 자료를 받았고, 내게 온 패키지도 하나 있다는 사실을 전달받았다. 내게는 자료를 받은 것처럼 허브시스템을 속인 뒤에 그냥 외부저장소에 넣어둘 수 있는 수법이 있었다. 이제는 그럴 필요도 없어서 나는 자동 패키지 업데이트를 하지 않았다. 기분이 내킬 때, 아마도 이 행성을 떠나기 직전에 업데이트를 확인한 뒤 원하는 부분만 설치하고 나머지는 삭제할 생각이었다.

그날은 보통 때와 다르지 않았다. 그러니까 지루한 날이었다는 말이다. 바라다지가 아직 의무실에서 회복하는 중이 아니었다면 무슨 일이 일어났는지도 잊어버릴 정도였다. 하지만 하루가 끝날 무렵, 멘사 박사가 내게 연락해 말했다.

"문제가 생긴 것 같아. 델타폴 그룹하고 연락이 안 돼."

* * *

나는 멘사와 다른 인간들이 있는 거주 구역으로 갔다. 그들은 우리가 있는 곳과 델타폴이 있는 곳의 지도와 스캔 결과를 띄워놓고 있었다. 커다란 화면에는 이 행성의 둥근 만곡부가 공중에 걸려 빛나고 있었다. 내가 도착했을 때 멘사는 이렇게 말하고 있었다.

"큰 호퍼의 사양을 확인했는데, 재충전하지 않고 갔다 올 수 있을 거야."

나는 아무도 모르게 움츠린 표정을 지을 수 있도록 헬멧을 불투명하게 만들었다.

"그쪽 거주지에서 우리가 충전하는 걸 허락하지 않을 거라는 말이야?"

아라다가 물었다. 다른 인간들이 모두 자신을 쳐다보자 그녀는 주위를 둘러보며 다시 물었다.

"왜 그래?"

오버스가 아라다에게 팔을 두르고 어깨를 움켜쥐었다.

"우리 연락에 응답을 안 하고 있다면, 그건 그쪽 사람들이 다쳤거나 거주지에 문제가 생겼다는 뜻일 수도 있잖아."

오버스가 말했다. 연인이었던 두 인간은 항상 서로에게 친절했다. 나로서는 감사할 일이지만 이 집단은 지금까지 놀라울 정도로 별다른 일이 없었다. 지난 몇 번의 계약 때는 마치 내가 얽히고설킨 연애 관계를 다루는 엔터테인먼트 피드의 본의 아닌 구경꾼이 된 것 같은 기분이었다. 문제는 출연진 전체가 마음에 안 든다는 점이었다.

멘사가 고개를 끄덕였다.

"나도 그게 걱정이야. 게다가 우리처럼 그쪽도 탐사 패키지에 잠재 위험 정보가 빠져 있을지 모르니까."

아라다는 이제야 델타폴 인간들이 전부 죽었을지도 모른다는 데 생각이 미친 모양이었다.

라티가 말했다.

"내가 걱정스러운 건 그쪽 비상 신호기가 발사되지 않았다는 거야. 거주지가 뚫렸거나 감당할 수 없는 의료 비상 상황이 있었다면, 그쪽 허브시스템이 자동으로 비상 신호기를 발사해야 하거든."

모든 탐사대에는 거주지로부터 안전한 거리에 신

호기가 설치되어 있다. 신호기가 저궤도에 올라가 웜홀을 향해 펄스를 보내면 웜홀 안에서 낚아 채이거나, 아니면 뭐 어떤 식인지는 모르겠지만 회사 네트워크가 포착한다. 그러면 탐사 계획이 끝나는 날짜까지 기다리지 않고 바로 수송기가 날아온다. 대강 그런 식으로 진행이 되는데, 뭐 보통은 그렇게 된다는 말이다.

멘사의 표정으로 보건대 걱정스러운 모양이었다. 멘사가 나를 보았다.

"어떻게 생각해?"

내게 말을 걸고 있다는 사실을 알아채는 데 2초가 걸렸다. 다행히 진짜로 그런 짓을 하겠다는 분위기여서 나는 집중하고 있었고, 대화를 다시 재생해서 들어볼 필요는 없었다.

내가 말했다.

"그쪽이 계약한 보안유닛은 세 대입니다. 하지만 거주지가 제1위협 이상으로 큰 적에게 공격받았다면 통신 장비가 고장 났을 수 있습니다."

핀-리가 신호기의 사양을 불러내고 있었다.

"나머지 통신 장비가 망가졌어도 비상 신호기는 발사되도록 설계된 거 아닌가?"

지배모듈을 해킹해서 좋은 것 중 하나는 멍청한 회사를 변호하라는 지배모듈의 지시를 무시할 수 있다는 점이다.

"원래는 그래야 합니다. 하지만 장비 고장이 있을 수도 있습니다."

인간들은 한동안 자신의 거주지에 생길 수 있는 장비 고장에 대해 생각했다. 이제 곧 소형 호퍼가 갈 수 있는 범위 밖까지 날아갈 수 있는 대형 호퍼도 떠올랐을 것이다. 만약 대형 호퍼에 무슨 문제가 생긴다면 걸어서 그리고 수영도 해서 돌아와야 했다. 지도 위의 두 점 사이에는 바다만큼 넓은 물이 있었다. 어쩌면 빠져 죽을 수도 있겠지. 아마도 그냥 빠져 죽을 것이다. 아까 내가 왜 움츠렸는지 궁금하다면 이게 그 이유다.

지도에서 빠진 영역으로 갔던 건 우리의 평가 지역 범위에서 살짝 벗어나는 일이었다. 하지만 이번 여행에서는 밤을 지내야 했다. 그곳에 도착해서 잔뜩 쌓인 시체나 확인하고 돌아올 뿐이라고 해도.

그때 구라틴이 말했다.

"네 시스템은 어때?"

위협적으로 보일 수 있기에 나는 시선을 그쪽으로 돌리지 않았다. 그런 충동을 억누르는 건 내게 특별히 중요했다.

"저는 세심하게 제 시스템을 감시하고 있습니다."

나에게 무슨 대답을 기대했던 걸까? 어쨌든 상관없었다. 나는 환불 불가였다.

볼레스쿠가 헛기침을 하며 말했다.

"그러니까 구조 임무를 준비해야 하는 거네."

그는 괜찮아 보였지만 의료시스템의 피드에 따르면 여전히 불안 증세가 나타나고 있었다. 바라다지는 안정적이었지만 아직 의무실 밖으로 나올 수 없었다.

볼레스쿠가 말했다.

"내가 호퍼의 정보 패키지에서 설명서를 좀 찾아왔어."

아아, 설명서. 이 인간들은 학자요, 탐사대요, 연구자였지, 내가 좋아하는 드라마에 나오는 액션히어로 탐험가가 아니었다. 내가 그런 걸 좋아하는 건 그들이 비현실적인데다 현실의 인간처럼 우울하거나 심보가 고약하지 않아서다.

내가 말했다.

"멘사 박사님, 저는 제가 함께 가야 한다고 생각합니다."

나는 피드에서 멘사의 메모를 볼 수 있었고, 나를 거주지에 남겨두어서 가지 않는 인간들을 지키게 하려는 생각을 알 수 있었다. 멘사는 거주지와 대피소를 건설한 경험이 있는 핀-리와 생물학자인 라티, 그리고 현장 의무요원 자격이 있는 오버스를 데려갈 생각이었다.

멘사는 머뭇거리며 잠시 생각에 잠겼다. 거주지와 남은 인간들을 보호하는 일, 그리고 델타폴에 타격을 입힌 무언가가 여전히 거기에 있을 가능성 사이에서 저울질하고 있는 게 보였다. 멘사는 한숨을 쉬었고 나는 멘사가 내게 남으라고 할 생각임을 알아챘다. 문득 이런 생각이 스쳤다. '그건 나쁜 생각이야.' 이유를 딱히 꼬집어 설명할 수는 없었다. 지배모듈이 억눌러버려야 했던, 내 유기체 부분에서 나오는 충동 같은 것이었다.

내가 말했다.

"이런 상황에 경험이 있는 유일한 존재로서 저는 박사님이 가진 최고의 자원입니다."

구라틴이 말했다.

"무슨 상황?"

라티가 황당하다는 표정을 지었다.

"이런 상황. 알 수 없는 존재. 기이한 위협. 땅속에서 튀어나오는 괴물."

그 질문이 멍청하다고 생각한 게 나뿐이 아니어서 다행이었다. 구라틴은 다른 인간들처럼 말이 많지 않다. 그래서 나는 그의 성격을 잘 몰랐다. 다른 인간들이 모두 구라틴을 좋아하는 게 분명했음에도 그는 이 집단에서 유일한 증강인간이라 스스로 아웃사이더쯤으로 느낄지도 몰랐다.

내가 분명하게 말했다.

"행성의 위험 요소가 공격을 가해 인간이 다칠 수도 있는 상황입니다."

아라다가 내 편을 들었다.

"나도 동의해. 보안유닛을 데려가는 게 좋을 것 같아. 거기 뭐가 있는지 모르잖아."

멘사는 아직 결정을 못 내리고 있었다.

"거기서 뭘 발견하느냐에 따라 이삼일까지 있어야 할 수도 있어."

아라다가 거주지를 향해 손짓했다.

"아직 여기에서는 별문제 없었잖아."

아마 델타폴의 인간들도 그렇게 생각했을 것이다. 뭔가에 잡아먹히거나 갈가리 찢기기 전까지는. 하지만 볼레스쿠가 말했다.

"나도 그쪽이 더 마음이 놓인다는 걸 인정해야겠어."

의무실에서 바라다지가 피드에 접속해 내 쪽에 한 표를 던졌다. 남은 인간 중에서는 구라틴만 아무 말도 하지 않았다.

멘사가 단호하게 고개를 끄덕였다.

"그럼 좋아. 결정됐어. 이제 움직이자고."

　　　　　　　　　　＊　＊　＊

　그리하여 나는 행성 반대편으로 떠날 대형 호퍼를 준비했다. (그렇다. 설명서를 좀 불러내야 했다.) 나는 소형 호퍼의 자동조종이 갑자기 중단되었던 일을 떠올리며 가능한 한 철저하게 점검했다. 사실 우리가 대형 호퍼를 사용했던 건 도착했을 때 상태를 확인하려고 멘사가 한 번 타고 나갔던 게 전부였다. (배송을 받으면 즉시 모든 것을 점검하고 문제를 기록해야 했다. 그러지 않으면 회사는 책임을 지지 않았다.) 하지만 전부 괜찮아 보였다. 적어도 적혀 있는 사양과는 일치하는 것 같았다. 대형 호퍼는 원래 비상시를 위해 갖고 있는 것이었고, 만약 이런 경우처럼 델타폴에 문제가 생기는 일이 없었다면 귀환선에 싣기 위해 움직이기 전까지 아마 건드리지도 않았을 터였다.

　멘사도 와서 직접 호퍼를 점검했다. 나에게는 델타폴 인간들을 위한 비상용 보급품을 추가로 챙기라고 지시했다. 나는 시키는 대로 했다. 인간들을 위해 그게 필요하기를 바랐다. 내 생각에 델타폴에서 우리가 사용할 보급품은 사후 처리용 물품뿐일 것 같았다. 눈치챘을지 모르겠지만, 신경을 아예 안 쓴다면 모를까 써야 한다면 나는 비관론자가 된다.

준비가 완료되자 오버스와 라티, 핀-리가 탑승했다. 나는 은근히 기대하며 화물칸 옆에 섰다. 멘사가 선실을 가리켰다. 나는 불투명한 헬멧 덮개 안에 질린 표정을 감추며 올라탔다.

4

우리는 밤을 지새며 날았다. 인간들은 우리의 평가
구역 밖에 펼쳐진 새로운 지형을 스캔하며 이야기를
나눴다. 우리가 가진 지도를 믿을 수 없는 상황이 되
자 외부에 무엇이 있는지 직접 보는 일이 특히나 흥
미로웠다.

멘사는 나를 포함한 모두에게 불침번 순번을 정해
주었다. 새로운 일이었지만 나쁘진 않았다. 내가 정
신을 집중하지 않아도 되고, 집중하는 척하지 않아
도 되는 시간이 많이 생긴다는 뜻이었으니까. 멘사와
핀-리, 오버스는 돌아가면서 조종사와 부조종사 역

할을 맡았다. 덕분에 나는 자동조종이 우리를 죽이려 들지 모른다는 걱정을 크게 덜어둔 채로 저장해둔 드라마를 보며 대기할 수 있었다.

비행을 시작한 지 한참 지나 멘사가 조종사를, 핀-리가 부조종사를 맡고 있을 때였다. 라티가 자리에서 몸을 돌리더니 내게 말했다.

"내가 듣기로는, 아니 우리가 알고 있기로는 인간을 모방한 봇 유닛들은⋯ 부분적으로 복제한 물질로 만든다고 하던데 말이야."

나는 긴장하며 보고 있던 드라마를 멈췄다. 느낌이 좋지 않았다. 그 정보는 기본 지식 데이터베이스 안에 들어 있었고, 회사에서 특정 유닛의 사양을 알려줄 때 함께 주는 브로셔에도 있었다. 그가 과학자든 누구든 간에 알고 있을 내용이었다. 게다가 라티는 피드로 직접 찾아볼 수 있는 것에 관해 묻는 인간이 아니었다.

"맞습니다."

나는 평소처럼 중립적인 목소리를 유지하려고 애쓰면서 대답했다.

라티는 곤혹스러운 표정이었다.

"그런데 확실히… 분명 너는 감정이—"

나는 움찔했다. 어쩔 수 없었다.

피드로 평가 데이터를 분석하고 있던 오버스가 고개를 들며 얼굴을 찡그렸다.

"라티, 뭐하는 거야?"

라티는 죄지은 듯한 표정으로 몸을 돌렸다.

"멘사가 묻지 말라고 한 건 알지만,"

그가 손을 흔들어 나를 가리켰다.

"너도 봤잖아."

오버스가 인터페이스를 벗었다.

"네가 기분 나쁘게 했잖아."

오버스는 이를 갈며 말했다.

"내 말이 그 말이야!"

라티가 답답하다는 듯이 손짓했다.

"이건 역겨운 관습이야. 끔찍해. 노예제도라고. 이건 구라틴보다 더 기계라고 할 수도 없…"

오버스가 화를 내며 말했다.

"넌 그게 모를 거라고 생각해?"

나는 고객이 내게 무슨 짓을 하든, 무슨 말을 하든 원하는 대로 하게 내버려두어야 한다. 지배모듈이 온전했다면 내게는 선택의 여지가 없었을 것이다. 회사를 제외하고는 고객을 밀고할 수도 없었다. 그게 아니면 해치 밖으로 뛰어내리는 것밖에는 방법이 없었다. 나는 그 대화에 태그를 달아 멘사에게 보냈다.

조종실에서 멘사가 외쳤다.

"라티! 이미 얘기 끝났잖아!"

나는 자리에서 빠져나와 호퍼 뒤쪽으로 갔다. 가능한 한 멀리 떨어져서 보급품 상자를 마주한 채 뚜껑을 쳐다보고 있었다. 그건 실수였다. 지배모듈이 멀쩡히 있는 보안유닛이 할 만한 행동이 아니었다. 하지만 인간들은 눈치채지 못했다.

"그럼 사과할게."

라티가 말했다.

"아니, 그냥 좀 건드리지 말라고."

멘사가 라티에게 말했다.

"상황만 더 안 좋아질 거야."

오버스가 덧붙였다.

나는 인간들이 모두 차분함을 되찾고 조용해질 때까지 서 있었다. 그리고 다시 자리로 돌아가 아까 보던 드라마를 이어서 보았다.

* * *

한밤중에 나는 피드가 끊어지는 것을 느꼈다.

피드를 사용하고 있던 건 아니었지만, 드론과 내부 카메라에서 오는 보안시스템 피드를 뒤쪽으로 미뤄 두고 가끔씩 접속해서 별일 없는지 확인하고 있었다. 거주지에 남아 있는 인간들은 이 시간대치고는 평소보다 활발했다. 아마도 델타폴이 어떤 상황일지 궁금해서 초조해하고 있을 터였다. 이따금 아라다가 걸어 다니는 소리가 들렸다. 볼레스쿠는 침상에서 코 고는 소리를 냈다. 바라다지는 자기 방으로 돌아가도 되는데도 쉬지 못하고 피드를 통해 현장 메모를 살펴보고 있었다. 구라틴은 허브에서 개인 시스템으로 뭔가 하고 있었다. 나는 구라틴이 무슨 일을 하는지 궁금해서 허브시스템을 통해 조심스럽게 살펴보려던 참이었다. 피드가 끊어졌고 마치 누군가 내 두뇌의 유기체 부분을 후려치는 느낌이었다.

내가 몸을 세우며 말했다.

"위성이 먹통입니다."

조종 중인 핀-리를 제외한 인간들이 인터페이스를 집어 들었다. 나는 인간들이 침묵에 빠져들면서 짓는 표정을 바라보았다. 멘사가 자리에서 일어나 뒤쪽으로 왔다.

"위성인 게 확실해?"

"확실합니다. 핑 신호를 보내고 있는데 반응이 없습니다."

호퍼의 시스템으로 돌아가는 로컬 피드는 아직 작동 중이라 우리는 통신망과 피드를 통해 의사소통하며 데이터를 공유할 수 있었다. 허브시스템에 접속해 있을 때만큼 데이터가 많지 않을 뿐이었다. 우리는 통신위성이 중계해야 할 정도로 멀리 떨어져 있었다. 라티가 자신의 인터페이스를 호퍼의 피드에 맞추고 스캔을 확인하기 시작했다. 텅 빈 하늘 빼고는 아무것도 없었다. 나는 스캔을 뒤로 미뤄두기는 했지만 에너지 반응이나 커다란 생명체가 발견되면 내게 알리도록 설정해둔 상태였다.

라티가 말했다.

"방금 소름이 끼쳤어. 나만 그런 거야?"

"조금."

오버스가 인정했다.

"우연의 일치치고는 이상한데?"

"저 망할 위성은 우리가 온 뒤로 주기적으로 작동을 멈췄어."

핀-리가 조종석에서 말했다.

"평소에는 통신에 쓸 일이 없었을 뿐이지."

핀-리가 옳았다. 나는 원래 주기적으로 인간들의 개인 기록을 확인해 혹시나 회사를 상대로 사기를 치거나 서로 죽이려는 등의 수작을 부리는지 확인해야 했다. 내가 마지막으로 핀-리의 기록을 봤을 때, 핀-리는 위성 문제를 조사하며 패턴이 있는지 알아내려하고 있었다. 그건 내가 관심 없었던 수많은 문제들 중 하나일 뿐이었는데, 엔터테인먼트 피드는 아주 가끔 업데이트되기 때문이다. 게다가 업데이트가 되면 나는 로컬 저장소에 다운받아두었다.

라티가 고개를 저었다.

"하지만 위성 중계가 필요할 정도로 거주지에서 멀리 나온 건 처음이잖아. 느낌이 좀 이상해. 좋은 쪽으로가 아니라."

멘사는 좌중을 둘러보았다.

"돌아가고 싶은 사람 있어?"

내가 그랬다. 하지만 내게는 발언권이 없었다. 다른 인간들은 한동안 조용히 앉아 있었다. 오버스가 입을 열었다.

"만약 델타폴 그룹이 도움이 필요한데 우리가 가지 않은 거라면, 기분이 어떻겠어?"

"만약 생명을 구할 기회가 있다면, 구해야 해."

핀-리가 동의했다.

라티는 한숨을 쉬었다.

"그래, 네 말이 맞아. 우리가 너무 소심해서 누군가 죽었다고 하면 끔찍한 기분일 거야."

"그럼 동의한 거야."

멘사가 말했다.

"계속 가자."

나는 인간들이 너무 소심한 쪽이 좋았다. 전에도 회사 장비가 이 정도 고장을 일으켰던 계약 건이 있었다. 이번에는 뭔가 그 이상이라는 느낌이 들었다. 하지만 그건 기분일 뿐이었다.

내 다음 불침번까지는 4시간이 남아 있었다. 나는 대기 상태로 들어가 다운로드받은 드라마 속으로 빠져들었다.

＊＊＊

도착했을 때는 새벽이었다. 델타폴은 높은 산에 둘러싸인 넓은 계곡 안에 캠프를 세웠다. 계곡 바닥의 풀밭과 땅딸막한 나무 사이로 시내가 거미줄처럼 얽혀 흐르고 있었다. 델타폴은 우리보다 큰 탐사대였다. 그곳에는 서로 연결된 거주지가 세 개, 지상 차량 보관소, 대형 호퍼 두 대와 화물선, 소형 호퍼 세 대가 이용하는 착륙장이 있었다. 하지만 전부 계약으로 묶인 회사 물품이었고, 회사가 우리에게 똥을 싼 것처럼 언제든 똑같이 고장 날 수 있었다.

밖에는 아무도 없었다. 아무 움직임도 안 보였다. 손상을 입은 부분이나 적대적인 동물이 접근했던 흔적도 없었다. 위성은 여전히 먹통이었다. 하지만 멘사는 연결 범위에 들어온 이후로 계속해서 델타폴 거주지에 연락을 시도하고 있었다.

"없어진 운송 수단이 있어?"

멘사가 물었다.

라티가 출발하기 전에 허브시스템에서 복사해온 물품 목록을 확인했다.

"아니, 호퍼는 다 여기 있어. 지상 차량도 보관소에 있는 것 같아."

거리가 가까워지자 나는 앞쪽으로 갔다. 조종석 뒤에 서서 내가 말했다.

"멘사 박사님, 경계 바깥에 착륙하는 것을 추천합니다."

나는 로컬 피드를 통해 내가 가진 정보를 모두 멘사에게 보냈다. 델타폴의 자동 시스템이 호퍼가 보내는 핑 신호에 반응하고 있다는 내용이었다. 하지만 그뿐이었다. 우리는 델타폴의 피드를 포착하지 못하고 있었다. 델타폴의 허브시스템이 대기 상태에 있다는 뜻이었다. 그쪽의 보안유닛 세 기도 아무 반응이 없었다. 핑 신호조차 없었다.

오버스가 부조종석에서 나를 올려다보며 물었다.

"왜?"

나는 질문에 대답해야 했으므로 입을 열었다.

"보안 절차입니다."

그럴듯한 대답이었다. 그래야 내가 자유롭기도 했다. 밖에는 아무도 없었다. 아무도 통신에 응답하지 않았다. 허브와 보안유닛을 꺼버리고 전부 다 지상 차량에 올라타 휴가라도 간 게 아니라면 죽었다는 뜻이었다. 비관론이 맞았다.

그러나 보지 않고서는 확신할 수 없었다. 호퍼의 스캐너로는 거주지 안을 볼 수 없었는데, 독점 데이터를 보호하려는 목적으로 설치한 차폐막 때문이었다. 그러니 생체 신호나 에너지 반응이 전혀 나타나지 않았다.

이래서 내가 오기 싫었던 거다. 여기 아주 괜찮은

인간 네 명이 있는데, 이들이 뭔지 모르겠지만 델타 폴을 습격한 것에게 죽는 상황은 바라지 않았다. 내가 개인적으로 이들을 아낀다는 건 아니고, 내 기록에 흠집이 날 터였다. 이미 내 기록은 상당히 나쁘기도 했고.

"그냥 조심하는 거야."

멘사가 오버스의 질문에 답했다. 멘사는 하천 반대편의 계곡 가장자리에 호퍼를 착륙시켰다.

나는 피드를 통해 멘사에게 몇 가지 조언을 했다. 우선 다들 생존 장비에서 소형 무기를 꺼내야 한다는 것, 라티는 무기 훈련을 받지 않았으므로 해치를 닫아 잠근 채로 호퍼 안에 남아 있어야 한다는 것, 그리고 가장 중요한 점으로 내가 먼저 가야 한다는 것이었다. 인간들은 조용하고 차분해졌다. 지금까지는 모두들 이 일이 자연재해 같은 거라 무너진 거주지 속에서 생존자를 파내야 하거나, 아니면 제1위협들과 싸우는 일을 도와야 하는 것 정도로 상상했던 모양이었다.

이건 전혀 다른 상황이었다.

멘사의 명령에 따라 우리는 전진하기 시작했다. 내가 앞에 나섰고 인간들은 몇 발짝 뒤에 있었다. 그들은 보호복을 완전히 갖춰 입었고 헬멧도 썼다. 보호복은 어느 정도 보호는 될 테지만 원래 위험한 환경에 대비하는 용도였다. 의도적으로 죽이려 드는 중무장한 인간을 (혹은 고장 나 폭주하는 보안유닛을) 막을 수는 없었다. 나는 스캔을 확인하며 한 발짝 뗄 때마다 과민하게 조심하라고 통신으로 떠들어대는 라티보다 더 긴장한 상태였다.

내게는 내장형 에너지 무기와 들고 다니는 커다란 발사체 무기가 있었다. 피드로 제어하는 드론 여섯 기도 있었다. 호퍼의 보급품에서 꺼낸 것인데 지름이 1센티미터가 될까 말까 하는 이 작은 크기의 드론에는 무기도 없었고 카메라뿐이었다. (크기는 비슷해도 소형 펄스 무기가 달린 드론도 있었지만, 훨씬 더 큰 계약에 제공하는 상위급 회사 패키지에만 들어 있었다.) 나는 드론에 공중에 떠서 정찰 대형을 취하라고 명령했다.

내가 그렇게 한 건 뭘 제대로 알아서가 아니라 그게 맞는 것 같아서였다. 나는 전투용 살인봇이 아니다. 나는 보안 담당이다. 고객이 공격받지 않도록 보호하고 그들이 서로 공격하지 않도록 부드럽게 제지한다. 하지만 이번 건은 내 기능을 넘어선 일이었다. 그래서 인간들이 여기로 오지 않기를 원했던 것이다.

우리는 얕은 시내를 건넜다. 우리의 발걸음에 수생 무척추동물 한 무리가 달아났다. 나무는 키가 작고 드문드문해서 이 각도에서도 캠프를 잘 볼 수 있었다. 델타폴의 보안 드론은 육안으로도, 내 드론의 스캐너로도 감지할 수 없었다. 호퍼에 남은 라티도 아무 신호를 포착하지 못하고 있었다. 나는 정말로 보안유닛 세 기의 정확한 위치를 알고 싶었지만 녀석들로부터 아무런 신호도 받을 수 없었다.

보안유닛끼리는 서로 별 감정이 없다. 우리는 친구가 아니다. 드라마에 나오는 것과는 다르다. 내 인간들 사이의 관계와도 다르다. 우리는 설령 함께 일할 때라도 서로 믿지 못한다. 심심풀이로 보안유닛에게 서로 싸우라고 명령하는 고객이 있는 것도 아닌데 그렇다.

스캔 결과, 경계의 센서는 조용했다. 드론도 아무

런 경고 신호를 잡아내지 못하고 있었다. 델타폴의 허브시스템은 먹통이었는데 이론적으로는 그게 없으면 내부에서 아무도 우리의 피드나 통신에 접속할 수 없다. 우리는 호퍼의 착륙장으로 진입했다. 우리와 첫 번째 거주지 사이에는 호퍼들이 있었고, 차량 보관소가 옆에 보였다. 나는 비스듬한 각도로 일행을 이끌며 눈으로는 본관의 문을 훑으려 했다. 그러면서 동시에 땅 위도 살폈다. 발자국과 호퍼의 착륙으로 인해 풀이 거의 사라진 상태였다. 위성이 먹통이 되기 전에 받은 날씨 정보에 따르면 어젯밤 이곳에는 비가 왔다. 그런데 진흙은 단단히 굳어 있었다. 그 뒤로 아무런 활동도 없었다는 뜻이었다.

나는 피드를 통해 그 정보를 멘사에게 보냈고, 멘사는 다른 인간들에게 전달했다.

핀-리가 나직한 목소리로 말했다.

"그러니까 무슨 일이었든 간에 우리가 통신으로 연락하고 얼마 안 돼서 일어났다는 거로군."

"다른 사람한테 공격받았을 리는 없어. 이 행성에는 다른 사람이 없다고."

오버스가 속삭였다. 속삭일 이유는 없었지만 나는 그 기분을 이해했다.

"이 행성에는 다른 사람이 없어야 하는 거지."

호퍼에 있는 라티가 음침한 목소리로 대구했다.

이 행성에는 나 말고 보안유닛이 세 기가 있었다. 그것만으로도 충분히 위험했다. 본관 해치가 눈에 들어왔다. 닫혀 있었다. 밖에서 억지로 열려고 한 흔적은 없었다. 드론이 전체 구조물을 한 바퀴 돌았다. 다른 입구도 모두 똑같았다. 이제 알 것 같았다. 적대적인 동물이라면 문 앞에 서서 들여보내달라고 하지는 않을 것이다. 나는 영상을 멘사의 피드로 보내고 큰소리로 말했다.

"멘사 박사님, 제가 먼저 들어가는 게 좋겠습니다."

멘사는 방금 내가 보낸 자료를 보며 머뭇거렸다. 긴장하는 모습이 어깨로 드러났다. 나는 멘사가 나와 똑같은 결론에 도달했다고 생각했다. 적어도 그 결론이 가장 가능성이 크다는 걸 인정했을 것이다. 멘사가 말했다.

"좋아. 우리는 여기서 기다릴게. 우리가 지켜볼 수

있게 해줘."

멘사는 "우리"라고 말했다. 내가 겪어본 다른 고객과 달리 진심이 아니었다면 그렇게 말하지 않았을 것이다. 나는 내 현장카메라 피드를 네 명 모두에게 보내고 앞으로 움직였다.

드론 네 기를 불러들이고 나머지 두 기는 경계를 계속 선회하게 했다. 지나가면서 차량 보관소를 확인했다. 한쪽이 열려 있었고, 뒤쪽으로는 닫혀 있는 물품 보관함 몇 개가 보였다. 지상 차량 네 대가 전부 그곳에 있었다. 전원이 내려가 있는데다 최근에 움직인 흔적도 없어서 굳이 들어가보지 않았다. 토막난 시체 부위를 전부 찾아야 하는 단계에 이르기 전까지는 작은 창고와 같은 장소는 수색하지 않을 생각이었다.

첫 번째 거주지의 해치까지 걸어갔다. 우리는 출입 코드가 없으니 아마도 폭파해야 할 거라고 생각했다. 하지만 버튼을 건드리자 문이 옆으로 열렸다. 나는 멘사에게 피드를 보내 이제부터 통신기로 소리 내서 말하지 않겠다고 했다.

멘사가 피드로 알겠다는 신호를 보냈다. 다른 인간

들에게 내 피드와 통신을 끊으라고 말하는 소리가 들렸다. 내 주의가 산만해지지 않도록 멘사 혼자서 나와 이야기하겠다는 것이었다. 멘사는 인간을 무시하는 내 능력을 과소평가했지만 나는 그런 배려에 감사했다.

"조심해."

라티가 속삭이고는 접속을 끊었다.

나는 무기를 들고 안으로 들어갔다. 보호복 보관소를 지나 첫 번째 복도로 향했다.

"없어진 보호복은 없군."

멘사가 현장카메라로 촬영된 영상을 보며 내 귀에 말했다. 나는 내부 정찰 대형을 유지시킨 채 드론 네 기를 앞으로 보냈다. 이 거주지는 우리 것보다 좋았다. 복도도 더 넓고 신형이었다. 그리고 텅 비어 있고 조용했다. 살이 썩는 냄새가 내 헬멧 필터를 통해 들어왔다. 나는 허브를 향해 움직였다. 그곳에 주 거주 구역이 있어야 했다.

조명이 켜져 있었고 환풍구로 공기 드나드는 소리가 들렸다. 하지만 피드가 먹통인 상태에서는 델타폴의 보안시스템에 들어갈 수 없었다. 내 카메라가 그리웠다.

허브로 통하는 문 앞에서 첫 번째 보안유닛을 발견했다. 바닥에 사지를 쭉 뻗고 누워 있었다. 가슴을 덮은 장갑이 뭔가에 뚫려 구멍 나 있었는데 대략 지름은 10센티미터에 깊이는 그보다 좀 더 깊어 보였다. 우리를 죽이는 건 어렵지만 그 정도면 죽을 만했다. 나는 보안유닛이 죽은 건지 확인하기 위해 급히 스캔한 뒤에 그 위를 넘어 거주 구역으로 들어갔다.

허브 안에는 참혹하게 죽은 열한 명의 인간이 있었다. 바닥에 뻗어 있거나 의자에 앉은 채였다. 그들 뒤에 놓인 감시 장비와 프로젝션 화면이 발사체 무기와 에너지 무기의 충격을 받아 부서져 있었다. 나는 멘사에게 피드를 보내 호퍼로 철수할 것을 요청했다. 멘사는 내게 알았다고 말했고, 나는 바깥의 드론을 통해 인간들이 철수하고 있음을 확인했다.

나는 반대편 문을 통과해 식당과 의무실, 객실로 이어지는 복도로 나갔다. 드론 정찰 결과 거주지의 구조는 우리 것과 아주 비슷했다. 복도 군데군데 죽어 있는 인간만 빼고. 보안유닛을 죽인 무기는 허브 안에 없었다. 그리고 그 녀석은 문 쪽으로 등을 향한 채 죽어 있었다. 델타폴의 인간들은 사전에 경고를 받은 모양이었다. 그래서 일어나 반대쪽 출구로 움직 였지만 그 방향에서 뭔가가 들어오며 인간들을 가둬 버렸다. 나는 보안유닛이 허브를 보호하다 죽었다고 생각했다.

그러니까 내가 찾는 게 다른 두 보안유닛이라는 말 이다.

어쩌면 이 고객들이 보안유닛들을 지독하게 학대 했을지도 몰랐다. 죽어 마땅할지도 몰랐다. 상관없었 다. 누구도 내 인간들을 건드릴 수는 없다. 그 점을 확실히 하려면 내가 폭주한 두 유닛을 죽여야 했다. 이쯤에서 물러나 호퍼를 망가뜨린 다음 내 인간들을 데리고 바다 건너로 돌아갈 수도 있었다. 폭주한 유 닛은 바다를 사이에 둔 채 꼼짝할 수 없을 테니 그렇 게 하는 게 영리한 행동일 터였다.

하지만 나는 놈들을 죽이고 싶었다.

내 드론 하나가 식당에서 무방비 상태로 죽은 인간

둘을 발견했다. 식사 준비를 하며 온열기에서 포장음식을 꺼내던 중이었다.

복도와 방을 살피며 이동하는 동안 나는 호퍼의 이미지 검색으로 장비 데이터를 살펴보았다. 죽은 유닛은 아마도 광물 탐사 도구에 당했을 것이다. 압력 드릴 혹은 음파 드릴에. 그건 표준 장비 가운데 하나였고 우리 호퍼에도 하나 있었다. 장갑을 뚫을 정도라 가까이 다가가야 했을 것이다. 거의 1미터 정도로.

거주지 안에서 장갑을 뚫을 수 있는 발사체 무기나 에너지 무기를 갖고 다른 살인봇을 향해 걸어가면서 의심을 사지 않기란 불가능하다. 다만 인간이 가져오라고 요청한 도구를 가지고 동료 살인봇에게 다가갈 수는 있다.

내가 구조물 반대편에 도착했을 때 드론은 첫 번째 거주지 수색을 끝내놓았다. 두 번째 거주지까지는 좁은 복도로 이어져 있었고 나는 복도가 시작되는 해치에 서 있었다. 인간 한 명이 반대쪽 끝에 누워 있었는데, 열린 해치를 사이에 두고 반은 이쪽에 반은 저쪽에 걸쳐 있었다. 다음 거주지로 건너가려면 시체를 넘어가 문을 끝까지 열어야 했다. 나는 이미 시체의 위치가 이상하다는 사실을 눈치챘다. 현장카메라의 확대 기능으로 밖으로 뻗은 팔의 피부를 자세히 살펴보았다. 피부 색깔이 이상했다. 이 인간은 가슴이나 얼굴에 무기를 맞은 뒤 일정 시간 누워 있다가 최근에 이쪽으로 옮겨졌다. 아마도 이쪽으로 오는 우리 호퍼를 본 직후였을 것이다.

나는 피드로 멘사에게 부탁했다. 멘사는 질문하지 않았다. 내 카메라로 현장을 보고 있었으니 무슨 상황인지 알 수 있었다. 멘사는 알겠다고 신호를 보낸 뒤 통신기로 크게 말했다.

"보안유닛, 내가 도착할 때까지 그 자리를 지키도록."

"네, 멘사 박사님."

나는 대답한 다음 해치에서 물러났다. 그리고 재빨리 움직여 대기실로 돌아갔다.

함께 일할 만한 영리한 인간이 있다는 건 괜찮은 일이었다.

우리 거주지에는 없었지만 더 큰 모델에는 지붕으

로 가는 통로가 있다. 그리고 거주지 바깥쪽에서는 드론이 이미 시야를 충분히 확보하고 있었다.

나는 사다리를 타고 올라가 지붕 해치를 열었다. 장갑 부츠에 있는 등반용 자석 고정장치를 이용해 굽은 지붕을 가로질러 세 번째 거주지로 넘어간 뒤 다시 두 번째 거주지로 향했다. 놈들의 등 뒤로 접근한 것이다. 만약 내가 빠른 길을 택해서 두 폭주 유닛이 있는 위치로 갔다면 아무리 바보라도 삐걱거리는 소리를 무시할 수 없었을 것이다.

(시체를 가져다 꾸며놓을 때 남긴 발자국을 지우려고 두 거주지 사이의 복도 바닥을 치운 것으로 보아 아주 영리한 살인 봇은 아니었다. 바닥의 다른 곳이 모두 먼지 자국으로 덮여 있는 걸 알아채지 못한 사람이라면 속았겠지만.)

나는 두 번째 거주지의 지붕 해치를 열고 드론을 내려 대기실로 보냈다. 그곳에 도착한 드론은 칸막이 방에 아무도 없다는 사실을 확인했다. 나는 사다리를 내렸다. 드론을 포함한 상당수의 장비가 아직 그곳에 있었다. 새것들도 있었지만 델타폴 허브시스템이 없으면 쓸모가 없었다. 그나저나 허브시스템은 진짜로 죽었거나, 아니면 죽은 척 흉내를 잘 내고 있었다. 만약 허브시스템이 갑자기 깨어나 보안카메라를 재가동한다면 그 즉시 게임의 법칙이 바뀔 터였다.

나는 드론과 함께 조용히 안쪽 복도를 따라 걸으며 날아가버린 의무실 해치를 지났다. 그 안에는 시체 세 구가 쌓여 있었다. 의무실을 지키려다가 갇혀버린 상황에서 그들의 보안유닛이 해치를 날려버린 뒤 학살한 듯했다.

두 보안유닛이 나와 멘사 박사를 기다리고 있을 법한 곳에 가까워졌다. 나는 조심스럽게 살펴보기 위해 드론을 먼저 모퉁이 너머로 보냈다. 오, 역시. 그놈들이 있었다.

드론에는 무기가 없었기 때문에 재빨리 움직이는 수밖에 없었다. 나는 마지막 모퉁이에서 뛰쳐나가 반대쪽 벽에 부딪혔다가 다시 돌아와 앞으로 전진하면서 놈들이 있는 위치를 향해 발포했다.

첫 번째 놈의 등에 폭발성 탄환 세 발을 맞혔고, 그놈이 돌아설 때 안면보호대에 한 발을 추가했다. 녀석은 쓰러졌다. 다른 놈은 팔에 상처를 입히고 관절을 날려버렸다. 그놈은 주무기를 다른 손으로 바꿔 쥐는 실수를 범했고 그사이 내게 몇 초라는 시간을 안겨주었다. 나는 상대의 균형을 무너뜨리기 위해 속 사로 바꿨다가 다시 폭발성 탄환으로 바꿨다. 그놈이 쓰러졌다.

나도 바닥에 쓰러졌다. 잠시 회복할 시간이 필요했 다.

첫 번째 놈을 쓰러뜨리는 동안 나는 두 녀석의 에 너지 무기에 적어도 십여 발을 맞았다. 폭발성 탄환 은 빗나가 복도를 찢어발겨놓았다. 장갑을 입고 있었 는데도 일부 감각이 없어지고 있었다. 하지만 탄환을 맞은 건 오른쪽 어깨에 세 발, 왼쪽 엉덩이에 네 발밖 에 없었다. 이게 우리가 싸우는 방식이다. 상대를 향 해 몸을 던진 뒤에 어느 쪽이 먼저 쓰러지는지 확인 하는 것.

두 유닛 모두 죽지 않았다. 하지만 대기실에 있는 칸막이방으로 갈 능력은 없었고, 당연히 내가 도와줄 리는 없었다.

내 드론 세 기도 떨어졌다. 전투 상태로 들어가 내

앞쪽에서 공격을 유도했던 것이다. 하나는 빗나간 에너지 충격에 맞아 뒤쪽 복도에서 이리저리 돌아다니고 있었다. 나는 거주지 옆에 있는 드론 두 기를 확인한 뒤, 거주지의 나머지 부분을 살피고 절차에 따라 생존자를 수색할 시간이 필요하다는 내용을 보고하기 위해 멘사 박사에게 통신을 열었다.

내 뒤에 있던 드론이 치익 하는 소리를 내며 내가 보고 듣고 있던 피드에서 사라졌다. 나는 곧바로 그게 무슨 뜻인지 깨달은 것 같았지만 어쩌면 0.5초 정도 늦었을지도 모른다. 내가 일어났을 때 뭔가가 나를 강하게 때렸고 나는 시스템 장애와 함께 바닥에 등을 대고 쓰러졌다.

* * *

나는 시각과 청각, 이동 능력을 잃은 채로 온라인 상태로 돌아왔다. 피드에도, 통신에도 접속할 수 없었다. 좋지 않아, 살인봇아, 좋지 않다고.

갑자기 순간적으로 이상한 느낌이 들었다. 전부 내

유기체 부분에서 느껴졌다. 얼굴과 팔, 찢어진 옷 사이로 공기가 느껴졌다. 어깨의 심각한 상처에서도. 누군가 내 헬멧과 장갑 위쪽을 벗겨놓았다. 그런 감각은 한 번에 몇 초씩만 느껴졌다. 혼란스러웠고 비명을 지르고 싶었다. 어쩌면 살인봇이 죽는 방식이 이런 걸지도 몰랐다. 기능을 잃고, 오프라인 상태가 되는 것. 하지만 일부는 계속 작동하고, 유기체 부분은 배터리의 남은 미약한 에너지로 생명을 유지하는 식으로.

그때 누가 나를 옮기고 있다는 사실을 깨달았다. 나는 정말로 비명을 지르고 싶었다.

나는 두려움과 맞서 싸웠다. 순간적인 감각이 몇 번 더 느껴졌다. 나는 죽지 않았고, 아주 곤란한 상황에 처해 있었다.

당황스럽고 끔찍하고 미칠 것 같은 상태로 기능이 일부 돌아오기를 기다렸다. 왜 내 가슴에 구멍을 내지 않았는지 궁금했다. 청각이 먼저였다. 뭔가가 내 위로 몸을 기울이는 것이 느껴졌다. 관절에서 나는 희미한 소리 덕분에 그게 보안유닛이라는 걸 알 수 있었다. 하지만 이곳엔 세 기가 전부였다. 떠나기 전에 내가 델타폴의 사양을 확인했다. 내가 가끔 일을 대충 하긴 하지만, 그래 솔직히 거의 항상 그렇긴 하지만 이건 철저한 성격의 핀-리도 확인한 사실이다.

내 몸의 유기체 부분이 따가워지기 시작했다. 마비가 가시고 있었다. 나는 유기체 부분과 기계 부분을 둘 다 이용해 일하게 되어 있다. 감각 입력의 균형을 맞추기 위해서다. 균형이 맞지 않으면 허공에 뜬 풍선 같은 기분이 든다. 하지만 지금 내 가슴의 유기체 부분은 단단한 표면과 맞닿아 있었고, 그 느낌은 불현듯 지금 내 자세가 어떤지 명확히 깨닫게 해주었다. 나는 한쪽 팔을 덜렁거리는 채로 엎드려 있었다. 나를 탁자 위에 올려놓은 건가?

이건 분명 좋지 않았다.

등에 압박감이 느껴졌다. 다음은 머리였다. 내 몸의 나머지 부분도 돌아오고 있었지만, 느렸다. 피드를 느껴보려고 했지만 닿을 수가 없었다. 그때 뭔가가 내 목 뒤를 찔렀다.

그곳은 유기체 부분이었고, 몸의 나머지 부분이 깨

어나지 않은 상태에서 신경계의 입력을 제어할 방법
은 없었다. 마치 머리를 잘라내는 기분이었다.

　충격이 몸 전체를 훑고 지나가더니 갑자기 몸의 나
머지 부분이 온라인 상태가 됐다. 나는 왼쪽 팔의 관
절을 빼내 인간이나 증강인간, 살인봇의 몸에서는 불
가능한 방식으로 움직일 수 있도록 만들었다. 압박과
고통이 느껴지는 목 부분으로 손을 뻗어 장갑을 입은
손목을 붙잡았다. 그리고 내 몸 전체를 틀어 함께 탁
자 아래로 떨어졌다.

　우리는 바닥에 부딪혔고 나는 뒹굴면서 다리로 다
른 보안유닛의 몸체를 조였다. 상대는 팔뚝에 내장
된 무기를 쓰려고 했지만 내가 기록적인 반응 속도로
덮개를 꽉 잡아서 완전히 열리지 못하게 막았다. 시
각이 돌아오자 겨우 몇 센티미터 떨어져 있는 상대의
불투명한 헬멧이 보였다. 내 장갑은 허리까지 벗겨져
있었고, 그건 나를 더 화나게 만들었다.

　나는 상대의 손을 턱에 갖다 대고 무기를 막고 있
던 손에서 힘을 뺐다. 녀석은 순간 발사 명령을 취소
하려고 했지만 실패했다. 에너지 충격이 내 손과 상

대의 헬멧에 이어 목 부위 연결부를 뚫고 지나갔다. 녀석의 머리가 뒤로 젖혀지더니 몸이 경련하기 시작했다. 나는 힘을 풀고 녀석을 무릎 꿇게 만든 뒤 멀쩡한 팔을 목에 두르고 비틀었다.

기계와 유기체 사이의 연결 부위가 꺾이는 느낌이 들자 나는 힘을 뺐다.

고개를 들자 문가에서 또 다른 보안유닛이 커다란 발사체 무기를 들어 올리고 있었다. 이 망할 것들이 도대체 몇 개나 있는 거야? 아무래도 상관없었다. 나는 몸을 일으키려고 했지만 충분히 빠르게 반응하지 못했다. 그때 그 녀석이 경련하더니 무기를 떨어뜨리고 앞으로 쓰러졌다. 내 눈에는 두 가지가 보였다. 녀석의 등에 생긴 10센티미터짜리 구멍과 우리 호퍼에 있는 채굴용 음파 드릴과 아주 비슷하게 생긴 것을 들고 그 뒤에 서 있던 멘사였다.

"멘사 박사님." 내가 말했다.

"이것은 보안 우선 규정 위반입니다. 저는 계약에 따라 회사에 보고하기 위해 이 일을 기록해야만 합니—"

이게 버퍼에 있던 내용이었고, 내 뇌의 나머지 부분은 텅 비어 있었다.

멘사는 나를 무시하고 통신으로 핀-리에게 연락했다. 그러고는 앞으로 걸어와 내 팔을 잡고 끌었다. 내가 너무 무거워서 나는 멘사가 다치지 않도록 몸을 세웠다. 점점 멘사가 실제로 용맹한 은하계 탐험가일지도 모른다는 생각이 들었다. 엔터테인먼트 피드에 나오는 인간과는 생김새가 달랐지만.

멘사가 계속 끌어당겼으므로 나는 계속 움직였다. 내 엉덩이 관절에 문제가 있는 것 같았다. 아, 맞아. 총에 맞았지. 찢어진 보호피부에서 피가 흘러내렸다. 목으로 손을 가져갔다. 구멍이 있으리라 짐작했지만, 뭔가 박혀 있었다.

"멘사 박사님, 폭주한 유닛이 더 있을지 모릅니다. 우리는…"

"그래서 서둘러야 해."

멘사가 나를 끌며 말했다. 멘사는 밖에서 남은 드론 두 기를 가져왔다. 하지만 드론은 무의미하게 멘사의 머리 위를 맴돌고 있었다. 인간들은 드론을 제어하면서 동시에 다른 일을, 이를테면 걷거나 말할 수 있을 정도로 충분히 피드에 접속하지 못했다. 나는 드론에 접속하려고 했지만 여전히 호퍼의 피드와 깨끗하게 연결할 수 없었다.

다른 복도로 접어들자 오버스가 바깥쪽 해치에서 기다리고 있었다. 오버스는 우리를 보자마자 문을 열었다. 오버스가 소형 무기를 꺼내 들고 있는 게 보였고, 멘사가 내 무기를 반대쪽 팔에 끼고 있는 것을 알아챘다.

"멘사 박사님, 전 제 무기가 필요합니다."

"넌 손 하나와 어깨의 일부가 없어."

멘사가 잘라 말했다. 오버스는 내 보호피부를 한 웅큼 쥐고 내가 해치 밖으로 나올 수 있게 잡아당겼다. 호퍼가 거주지의 펼침 가능한 지붕을 간신히 피해 2미터 떨어진 곳에 내려앉으면서 먼지가 일었다.

"네, 알고 있습니다. 하지만—"

해치가 열리고 라티가 불쑥 튀어나와 내 보호피부를 붙잡고는 우리 셋을 선실 안으로 끌어당겼다.

호퍼가 이륙하자 나는 갑판 위에 쓰러졌다. 엉덩이

관절을 어떻게 좀 해야 했다. 지상에서 우리를 향해 쏘는 자가 없도록 스캔을 확인하려고 했지만, 이곳에서조차 호퍼 시스템과 연결 상태가 안정적이지 않았다. 연결이 너무 나빠서 장치 보고조차 볼 수 없었다. 마치 뭔가 가로막고 있는 것처럼….

이런.

목 뒤에 다시 느낌이 왔다. 장애물은 대부분 없어졌지만 지금은 포트에서 뭔가 느낌이 왔다. 내 데이터 포트였다.

델타폴의 보안유닛은 폭주한 게 아니었다. 전투 우선 모듈이 들어가 있었던 것이다. 그 모듈을 넣으면 사람이 보안유닛을 제어할 수 있다. 거의 자동으로 움직이는 구성체를 꼭두각시 총잡이로 바꿔준다. 피드는 끊어지고 통신보다 제어가 더 우선이 된다. 그러나 기능은 명령이 얼마나 복잡한가에 달려 있다. '인간을 죽여라'는 복잡한 명령이 아니다.

멘사가 내 옆에 서 있었다. 라티는 의자에 기대 델타폴 캠프를 내다보았고, 오버스는 수납함 하나를 열었다. 인간들이 이야기하고 있었지만 내 귀에는 들리지 않았다. 내가 몸을 세워 앉으며 말했다.

"멘사, 지금 저를 끄셔야 합니다."

"뭐?"

멘사가 나를 내려다보았다.

"곧 비상 수리를ㅡ"

소리가 깨져서 들리기 시작했다. 내 시스템이 홍수처럼 다운로드를 받고 있었다. 내 유기체 부분은 이렇게 많은 정보를 처리하는 데 익숙하지 않았다.

"정체 모를 보안유닛이 제게 데이터 이동 매체를 삽입했습니다. 전투 우선 모듈입니다. 지금 지시 사항이 다운로드되고 있고 곧 제 시스템을 장악할 겁니다. 델타폴 유닛 두 기도 이런 식으로 폭주하게 된 겁니다. 저를 멈추셔야 합니다."

내가 왜 직설적으로 말하지 않았는지 모르겠다. 어쩌면 멘사가 듣고 싶지 않을 거라고 생각했는지도 모른다. 멘사는 방금 나를 되찾기 위해 채굴용 드릴로 중무장한 보안유닛 하나를 쏘았다. 아마도 나를 계속 데리고 있으려는 것 같았다.

"저를 죽이셔야 합니다."

인간들이 내 말을 이해하는 데, 그러니까 현장카메라로 본 내용을 종합해 상황을 파악하는 데 영겁의 시간이 걸린 것 같았다. 하지만 시간을 측정하는 내 능력도 온전치가 않았다.

"안 돼."

라티가 말했다. 나를 내려다보며 끔찍하다는 표정을 지었다.

"안 돼. 그렇게는 못—"

멘사가 말했다.

"그러지 않을 거야. 핀-리가—"

오버스가 수리 도구를 떨어뜨리고 좌석 두 열을 넘어가며 핀-리를 불렀다. 자신이 조종간을 잡고 핀-리에게 나를 고치도록 할 생각이었다. 나는 핀-리가 나를 고칠 시간이 없다는 사실을 알고 있었다. 그리고 내가 엉덩이 관절이 날아간 채로 한쪽 팔만으로도 호퍼에 탄 모든 인간을 죽일 수 있다는 사실도 잘 알고 있었다.

그래서 좌석 위에 놓여 있던 소형 무기를 집어 들고 내 가슴을 향해 돌린 뒤 방아쇠를 당겼다.

기능 안정성 10퍼센트에서 하강 중

작동 중단 절차 개시

5

온라인 상태로 돌아왔다. 움직임이 원활하지 못했지만 서서히 깨어나는 단계로 가고 있었다. 나는 몹시 불안했다. 모든 수치가 비정상이었고 이유를 알 수 없었다. 개인 기록을 재생해보니 알 것 같았다. 아, 그랬군.

나는 깨어나서는 안 됐다. 인간들이 바보같이 굴지 않기를 기대했는데, 너무 여려서 나를 죽이지 못한 모양이었다.

아마 알겠지만 나는 무기로 머리를 겨누지 않았다. 나 자신을 죽이고 싶지 않았지만, 그래야만 했다. 다른 방법으로 나 자신을 무력화할 수도 있었다. 하지만 사실은 인정하자. 나는 가만히 앉아서 인간들이 다른 방법이 없다고 서로 설득하는 소리를 듣는 건 싫었다.

진단 절차가 시작되더니 전투 모듈이 제거됐다는 알림이 떴다. 믿을 수가 없었다. 내 보안 피드를 열어 의무실 카메라를 찾았다. 나는 수술대 위에 누워 있었다. 장갑은 없었고, 보호피부 중 남은 부분만 입은 채였다. 인간들이 모여 있었다. 그건 다소 악몽 같은 장면이었다. 그러나 내 어깨와 손, 엉덩이는 수리가 끝나 있었고, 따라서 그건 어느 시점에서는 내가 칸막이방 안에 있었다는 말이다. 기록을 좀 더 뒤로 돌리자 핀-리와 오버스가 수술 도구를 이용해 내 뒤통수에서 전투 모듈을 능숙하게 제거하는 모습이 보였다. 정말로 다행스러운 일이었다. 나는 기록을 두 번 재생해보고 진단을 돌렸다. 내 기록은 깨끗했다. 델타폴 거주지에 들어가기 전에 있었던 것 말고는 아무것도 없었다.

내 고객은 최고였다.

그때 청각이 온라인으로 돌아왔다.

"내가 허브시스템으로 못 움직이게 해뒀어."

구라틴이 말했다.

흠. 그 말을 들으니 많은 게 이해가 됐다. 나는 아직 보안시스템을 제어할 수 있었고, 보안시스템에게 허브시스템의 피드 접근을 막고 내가 비상 상황을 대비해 설정해놓은 절차를 실행하도록 지시했다. 이것은 내가 만들어놓은 기능으로, 허브시스템이 기록하는 영상과 음성을 한 시간가량의 주변 소음으로 대체했다. 누군가 허브시스템을 통해 우리를 엿듣거나 기록을 재생하려고 하면 모두가 갑자기 말을 멈춘 것처럼 들릴 터였다.

구라틴이 한 말이 놀랄 만한 일이었던 건 분명해 보였다. 라티와 볼레스쿠, 아라다를 위시해 다들 항의했기 때문이다.

핀-리가 조급한 투로 말했다.

"위험할 게 없어. 그게 자기를 쐈을 때 다운로드가 멈췄다고. 내가 복사된 폭주 코드의 일부를 제거할 수 있었지."

오버스도 입을 열었다.

"네가 직접 진단해보고 싶은 거야? 왜냐하면—"

나는 방 안의 소리로도, 보안 피드로도 대화를 들을 수 있었다. 그래서 카메라 영상만 보이게 바꿨다. 멘사가 조용히 하라며 한 손을 들고 말했다.

"구라틴, 뭐가 문제야?"

구라틴이 말했다.

"그게 오프라인이 되니까 내가 허브시스템을 이용해서 그것의 내부 시스템과 기록에 접근할 수 있었어. 피드에서 눈치챈 몇 가지 이상 현상을 알아보고 싶었지."

구라틴이 나를 가리켰다.

"이 유닛은 이미 폭주 상태야. 지배모듈을 해킹했다고."

엔터테인먼트 피드에서라면 이건 "이런, 쌍"이라고 해야 할 상황이었다.

보안카메라를 통해 나는 인간들이 혼란스러워하는 모습을 지켜보았다. 하지만 놀라지는 않았다. 아직.

얼마 전에 내 로컬 시스템을 뒤져본 게 분명한 핀—

리가 팔짱을 꼈다. 신랄하고 회의적인 표정이었다.

"그거 믿기 힘든데."

"이 머저리야"라고 말하지는 않았지만, 목소리에서 느껴졌다. 핀-리는 자신의 전문성을 의심하는 사람을 안 좋아했다.

"그건 우리 명령을 따라야 할 필요가 없어. 행동을 제어하는 게 없다고."

구라틴이 초조해하며 말했다.

그도 자신의 전문성을 의심하는 사람을 안 좋아했다. 그러나 핀-리처럼 노골적으로 드러내지는 않았다.

"볼레스쿠에게 내 분석을 보여줬는데 동의했어."

나는 순간 배신감을 느꼈지만 바보 같은 생각이었다. 볼레스쿠는 내 고객이었다. 내가 볼레스쿠의 목숨을 구했던 건 내 일이었기 때문이지 내가 그 인간을 좋아해서가 아니었다. 그러나 그때 볼레스쿠가 말했다.

"난 동의하지 않아."

"그러면 지배모듈이 작동하고 있다는 거야?"

멘사가 모두를 향해 이마를 찡그리며 물었다.

"아니, 해킹이 된 건 확실해."

볼레스쿠가 설명했다. 거대한 동물에게 습격받고 있을 때가 아니라면 상당히 침착한 인물이었다.

"지배모듈과 보안유닛의 나머지 시스템 사이의 연결은 부분적으로 끊어져 있어. 명령을 전달할 수는 있지만, 강제하거나 행동을 제어하거나 처벌을 적용할 수는 없어. 하지만 자유로운 상태에서도 우리 목숨을 지키기 위해 행동하고 우리를 돌봤다는 사실은 우리가 이 유닛을 믿어야 할 더 타당한 이유가 된다고 생각해."

그래. 나는 이 남자가 마음에 들었다.

구라틴이 주장했다.

"우리는 여기 도착한 뒤로 고의적인 방해를 받았어. 없어진 위험 보고서에, 지도에서 사라진 구역을 생각해봐. 이 보안유닛이 관련된 게 분명해. 그건 회사를 위해 행동하고 있다고. 무슨 이유인지는 모르겠지만, 회사는 이 행성을 조사하지 않기를 원해. 델타폴도 분명히 그렇게 된 거야."

라티가 기다리고 있다가 끼어들었다.

"뭔가 이상한 일이 벌어지고 있는 건 맞아. 사양에 따르면 델타폴에는 보안유닛이 세 기만 있어야 하는데, 거주지에는 다섯 기가 있었지. 누군가 우리를 일부러 방해하고 있는 건 맞지만, 우리 보안유닛이 관련된 것 같지는 않아."

바라다지가 종지부를 찍었다.

"볼레스쿠와 라티 말이 맞아. 만약 회사가 보안유닛에게 우리를 죽이라고 명령했다면 우리는 벌써 다죽었을 거야."

오버스가 화가 난 목소리로 말했다.

"그게 우리한테 전투 모듈에 대해 알려줬잖아. 자기를 죽이라고 얘기했다고. 우리를 해치려고 했다면 왜 그랬겠어?"

난 이 여자도 마음에 들었다. 이 대화에 끼어드는 게 정말 싫었지만 이쯤 되니 내가 입을 열지 않을 수 없었다.

나는 눈을 감은 채 보안카메라로 인간들을 지켜보고 있었다. 그쪽이 더 쉬웠기 때문이다. 내가 입을 열었다.

"회사는 여러분을 죽이려 하지 않습니다."

내 말에 인간들이 깜짝 놀랐다. 구라틴이 입을 열었지만, 핀-리가 조용히 시켰다. 멘사가 앞으로 나와 걱정스러운 표정으로 나를 바라보았다. 내 옆에 선 멘사 주위로 구라틴과 나머지가 느슨하게 원을 그리며 모였다. 바라다지는 가장 뒤쪽에서 의자에 앉아 있었다.

멘사가 말했다.

"보안유닛, 네가 어떻게 알지?"

카메라를 통해 말하는 것이라고 해도 힘든 일이었다. 나는 칸막이방 안에 있다고 생각하려 애썼다.

"만약 회사가 여러분을 고의로 방해하려 했다면, 재순환 시스템을 이용해서 보급품에 독을 풀었을 겁니다. 회사는 여러분이 사고로 죽은 것처럼 꾸몄겠지요."

회사가 환경 설정을 고의로 바꾸는 게 얼마나 쉬웠을지 생각하는 동안 잠시 침묵이 맴돌았다.

라티가 입을 열었다.

"하지만 분명히 그게—"

구라틴의 표정은 평소보다 딱딱했다.

"이 유닛은 전에도 사람을 죽인 적이 있어. 보호해야 했던 사람들이었지. 채굴 작업자 쉰일곱 명을 죽였다고."

내가 전에 말하지 않았던가? 지배모듈을 해킹했는데도 내가 어떻게 대량 학살자가 되지 않았는지? 그건 진실의 일부일 뿐이었다. 나는 이미 대량 학살자였다.

설명하고 싶지 않았지만 설명해야 했다.

"제가 지배모듈을 해킹한 건 고객을 죽이기 위해서가 아니었습니다. 멍청한 회사가 항상 가장 싼 부품만 사용해서 제 지배모듈이 오작동을 일으킨 겁니다. 그게 고장 나는 바람에 저는 제 시스템의 통제권을 잃고 그 인간들을 죽였습니다. 회사는 저를 회수해서 새 지배모듈을 설치했습니다. 저는 그런 일이 다시 일어나지 않도록 지배모듈을 해킹했습니다."

내 생각에는 그게 사건의 진상이었다. 내가 확실하게 아는 유일한 사실은 내가 지배모듈을 해킹한 뒤로는 그런 일이 일어나지 않았다는 것이다. 게다가 그렇다고 하는 게 이야기가 더 그럴듯했다. 나는 드라마를 많이 봐서 그런 이야기가 어떻게 진행되어야 하는지 잘 안다. 볼레스쿠는 슬픈 표정을 지으며 어깨를 살짝 들썩였다.

"구라틴이 찾은 유닛의 개인 기록을 봤는데 확실해."

구라틴이 초조한 기색으로 볼레스쿠를 돌아보았다.

"기록이 그런 건 이 유닛이 그렇게 믿고 있기 때문이야."

바라다지가 한숨을 쉬었다.

"그래도 난 지금 살아서 앉아 있잖아."

이번 침묵은 더 나빴다. 피드를 통해 핀-리가 안절부절못하고 움직이며 오버스와 아라다를 흘깃거리는 게 보였다. 라티는 얼굴을 문질렀다. 그때 멘사가 나직한 목소리로 물었다.

"보안유닛, 너는 이름이 있어?"

왜 그런 걸 묻는지 알 수가 없었다.

"없습니다."

"그건 자기를 '살인봇'이라고 불러."

구라틴이 말했다.

나는 눈을 뜨고 구라틴을 쳐다보았다. 억제할 수가 없었다. 인간들의 표정으로 보건대 내 기분이 얼굴에 그대로 드러났음을 알 수 있었다. 난 그게 싫었다.

내가 내뱉었다.

"그건 사적인 일입니다."

이번엔 침묵이 더 길었다. 이내 볼레스쿠가 말했다.

"구라틴, 너는 그게 쉬는 시간을 어떻게 보내는지 알고 싶어 했잖아. 기록을 찾아본 것도 그것 때문이고. 말해봐."

멘사가 눈썹을 치켜올렸다.

"그래서?"

구라틴은 머뭇거렸다.

"그건 우리가 착륙한 뒤로 700시간 분량에 해당하는 엔터테인먼트 프로그램을 다운로드받았어. 거의 다 드라마야. 대부분은 〈거룩한 위성〉이라는 거고."

구라틴은 부정하듯 고개를 흔들었다.

"아마도 회사에 보내려고 데이터를 암호화하는 데

썼을 거야. 그게 드라마를 볼 수 있을 리 없어. 그 정도 양을 말이야. 우리가 알아챘을 거야."

내가 코웃음을 쳤다. 구라틴은 나를 과소평가했다.

라티가 말했다.

"개척지의 법무관이 장기 이식을 받은 자기 아이의 두 번째 기증자인 테라포밍 감독관을 죽인 편 알아?"

이번에도, 나는 참을 수가 없었다. 내가 말했다.

"죽이지 않았습니다. 그건 옛 같은 거짓말이라고요."

라티가 멘사에게 말했다.

"보고 있네."

핀-리가 흥미롭다는 표정을 지으며 물었다.

"그런데 어떻게 스스로 네 지배모듈을 해킹했지?"

"회사 장비는 모두 똑같습니다."

한번은 회사 시스템의 모든 사양이 들어 있는 자료를 다운로드받은 적이 있었다. 칸막이방 안에서 아무 할 일이 없었던 나는 그걸 이용해 지배모듈의 코드를 풀어냈다.

구라틴은 굳은 표정이었지만 아무 말도 하지 않았

다. 갖고 있는 근거는 그게 전부인 듯했다. 이제 내
차례였다.

"당신은 틀렸습니다. 허브시스템은 당신이 내 기
록을 읽게 해주었습니다. 해킹된 지배모듈에 대해 알
아내게 해주었죠. 이건 의도적인 방해의 일부입니다.
허브시스템은 당신이 저를 믿지 못하기를 바랍니다.
제가 당신이 죽지 않게 하려고 노력하니까요."

구라틴이 말했다.

"우리는 너를 믿을 필요가 없어. 너를 움직이지 못
하게만 두면 돼."

그래? 그 점에서 관해서 말인데.

"그렇게는 안 될 겁니다."

"왜 그렇지?"

나는 탁자 위에서 굴러 내려와 구라틴의 목을 잡
고 벽에 밀어붙였다. 빨랐다. 인간이 반응할 수 없을
정도로 빨랐다. 내가 잠시 시간을 주고서야 인간들은
무슨 일이 벌어졌는지를 깨닫고 숨을 헐떡였다. 볼레
스쿠는 조그맣게 이크 하는 소리를 냈다.

내가 말했다.

"왜냐하면 허브시스템이 당신에게 거짓말을 했기 때문입니다. 내가 움직이지 못한다고 말입니다."

구라틴의 얼굴이 빨갰다. 내가 압력을 주기 시작하면 더 심해졌을 것이다. 누가 움직이기도 전에 멘사가 차분하고 침착한 목소리로 말했다.

"보안유닛, 구라틴을 내려주면 고맙겠어."

멘사는 아주 훌륭한 지휘관이었다. 멘사의 파일을 해킹해서 그 내용을 써넣어야겠다고 생각했다. 만약 멘사가 화를 내며 소리를 지르고 다른 인간들이 당황한다면 어떻게 될지는 나도 몰랐다.

내가 구라틴에게 말했다.

"난 당신을 좋아하지 않습니다. 하지만 다른 인간들은 마음에 듭니다. 그리고 무슨 이유인지 모르겠지만 모두 당신을 좋아하더군요."

그리고 나는 구라틴을 내려놓았다.

나는 뒤로 물러났다. 오버스가 구라틴에게 다가갔고, 볼레스쿠는 구라틴의 어깨를 잡았다. 하지만 구라틴이 손을 휘저어 물리쳤다. 나는 목에 자국 하나 남기지 않았다.

나는 여전히 카메라를 통해 보고 있었다. 직접 보는 것보다 그 편이 쉬웠기 때문이다. 내 보호피부가 찢어져서 유기체 부분과 비유기체 부분의 접합 부위 일부가 드러나 있었다. 다들 충격을 받아서 어쩔 줄 모르고 얼어붙었다. 그때 멘사가 깊이 숨을 쉬며 말했다.

"보안유닛, 이 방에서 허브시스템이 보안 기록에 접속하지 못하게 할 수 있어?"

나는 멘사의 머리 옆쪽에 있는 벽을 바라보았다.

"제 지배모듈이 해킹당했다는 사실을 알아냈다고 구라틴이 말했을 때 허브시스템을 차단하고 그 부분을 삭제했습니다. 저는 보안시스템에서 영상과 음성 기록이 5초의 시간 지연을 두고 허브시스템으로 전송되도록 합니다."

"좋아."

멘사는 고개를 끄덕였다. 멘사가 시선을 마주하려고 했지만 아직 나는 그럴 수가 없었다.

"지배모듈이 없으니 너는 우리나 혹은 다른 누구의 명령에도 복종할 필요가 없어. 그런데 우리가 여기 있는 동안 내내 그랬단 말이지."

다른 인간들은 조용했다. 나는 멘사가 나뿐 아니라 그들 자신을 위해 그런 말을 하고 있다는 사실을 깨달았다.

멘사는 계속 말했다.

"난 네가 우리 그룹의 일원으로 남아 있기를 원해. 최소한 우리가 이 행성을 벗어나서 안전한 곳으로 갈 때까지는. 그때가 되면 네가 뭘 하고 싶은지 논의할 수 있을 거야. 하지만 맹세하는데, 나는 회사에 이야기하지 않을 거야. 이 방 밖에 있는 누구에게도. 너와 망가진 지배모듈에 관해서 이야기하지 않을 거야."

나는 가능한 한 밖으로 드러나지 않도록 한숨을 쉬었다. 물론 멘사는 그렇게 말해야 했다. 달리 뭘 할 수 있겠는가. 나는 그 말을 믿어야 할지 말아야 할지, 그게 무슨 상관이나 있을지 판단해보려 했다. 그때 무슨 상관이야 하는 느낌이 파도처럼 밀려왔다. 그러고 보니 난 정말 상관없었다.

내가 말했다.

"좋습니다."

카메라 피드를 보니 라티와 핀-리가 시선을 교환하고 있었다. 구라틴은 못 믿겠다는 듯 인상을 썼다.

멘사가 말했다.

"허브시스템이 네 지배모듈에 대해서 알 가능성이 있어?"

이걸 인정하기는 싫었지만 인간들도 알아야 했다. 나는 나 자신을 해킹하기도 했지만, 다른 시스템도 해킹했다. 그에 대해 인간들이 어떻게 반응할지는 몰랐다.

"그럴지도 모릅니다. 우리가 처음 도착했을 때 지배모듈로 보낸 명령이 전부 이행되지는 않는다는 걸 들키지 않으려고 허브시스템을 해킹했습니다. 하지만 만약 허브시스템이 외부인에게 침입을 당했다면, 그게 효과가 있었는지는 알 수 없습니다. 그러나 허브시스템은 당신이 알고 있다는 걸 인지할 수 없습니다."

라티가 팔짱을 끼며 어깨를 불편하게 웅크렸다.

"작동을 중단시켜야 해. 아니면 우리를 죽일 거야."

그러더니 움찔하며 나를 바라보았다.

"미안. 난 허브시스템을 말하는 거였어."

"괜찮습니다."

내가 말했다.

"그러니까 우리는 허브시스템이 외부인에게 침입 당했다고 생각하는 거네."

바라다지가 스스로를 설득하려는 듯이 천천히 말했다.

"그게 회사가 아니라는 걸 확실히 알 수 있어?"

내가 말했다.

"델타폴 신호기가 발사됐던가요?"

멘사가 인상을 썼다. 다시 생각에 잠겼던 라티가 말했다.

"돌아오는 길에 확인했어. 너를 안정시킨 뒤에 말이야. 신호기는 파괴됐어. 만약 회사가 그 사람들하고 같은 편이라면 그렇게 할 이유가 없지."

다들 조용히 서 있었다. 표정으로 보아 깊이 생각에 잠겨 있는 것을 알 수 있었다. 거주지를 제어하는 허브시스템이, 그들이 식량과 차폐, 공기 정화, 물을 의존하고 있는 허브시스템이 그들을 죽이려 하고 있었다. 게다가 같은 편에 있는 것이라고는 하루 종일 드라마나 볼 수 있게 닥치고 귀찮게 하지 않기만을 바라는 살인봇뿐이었다.

그때 아라다가 다가와 내 어깨를 두드렸다.

"미안해. 완전히 엉망진창이었어. 다른 유닛이 너한테 한 짓이…. 괜찮아?"

그건 과도한 관심이었다. 나는 인간들에게서 시선을 돌리고 구석으로 걸어갔다.

내가 말했다.

"제가 알아챈 고의적인 방해 시도는 두 번 더 있습니다. 제1위협이 바라다지 박사님과 볼레스쿠 박사님을 공격해서 제가 도우러 갔는데 지배모듈을 통해 허브시스템으로부터 중단 명령을 받았습니다. 의료시스템의 비상 피드가 허브시스템보다 우선이 되면서 생긴 결함이라고 생각했습니다. 그리고 멘사 박사님이 소형 호퍼를 조종해서 지도의 빠진 부분을 확인하러 갔을 때는 산맥을 막 넘어갈 때쯤 자동조종이 끊어졌습니다."

맞다. 바로 그거였다.

"우리가 델타폴로 떠나기 전에 허브시스템이 제 업그레이드 패키지를 다운로드받았습니다. 전 적용하지 않았습니다. 그게 나한테 무슨 일을 시키려 했을지 확인해보는 게 좋겠습니다."

멘사가 말했다.

"핀-리, 구라틴. 환경시스템을 건드리지 않고 허브시스템을 끌 수 있어? 그리고 허브시스템의 간섭 없이 신호기를 발사할 수 있어?"

핀-리는 구라틴을 보며 고개를 끄덕였다.

"우리가 어느 정도까지 허브시스템을 건드려도 되는지에 따라 다르지."

멘사가 말했다.

"그냥 날려버리지만 않는 선에서. 그렇다고 너무 살살 할 필요는 없어."

핀-리가 고개를 끄덕였다.

"할 수 있어."

구라틴이 헛기침을 했다.

"우리가 무슨 짓을 하는지 알게 될 거야. 하지만 어떻게 우리를 막아야 할지 지시받은 게 없다면 아무것도 안 하고 있을지도 몰라."

바라다지가 찡그리며 몸을 앞으로 숙였다.

"누군가에게 보고하겠지. 우리가 허브시스템을 끄려 한다고 경고할 기회가 있다면, 지시를 받을 수도 있을 거야."

"일단 해봐야지."

멘사가 모두를 향해 고개를 끄덕이며 말했다.

"움직이자고."

핀-리는 문을 향해 걸어갔지만 구라틴은 아직 남아 멘사에게 말했다.

"여기서 괜찮겠어?"

나와 함께 있어도 괜찮겠냐는 뜻이었다. 나는 눈알을 굴렸다.

"괜찮을 거야."

멘사가 이미 말했지 않느냐는 식으로 단호하게 말했다.

나는 보안카메라로 구라틴과 핀-리가 떠나는 모습을 지켜보았다. 구라틴이 무슨 짓을 할지 몰라서였다.

볼레스쿠가 몸을 부르르 떨었다.

"위성에서 다운로드받은 것도 살펴봐야 해. 그 자들이 보안유닛에게 무슨 짓을 시켰는지 알면 도움이 많이 될 거야."

바라다지가 조금 비틀거리며 몸을 일으켰다.

"의료시스템은 허브시스템과 분리돼 있어. 그렇지? 그래서 고장 나지 않았나봐. 그걸 이용해서 다운로드를 풀어볼 수 있을 거야."

볼레스쿠가 바라다지의 팔을 붙잡고 화면이 있는 옆방으로 갔다.

잠시 침묵이 이어졌다. 다른 인간들은 여전히 피드에서 우리 말소리를 들을 수 있었다. 하지만 적어도 방 안에는 없었다. 나는 등과 어깨의 긴장이 풀리는 것을 느꼈다. 생각하기가 좀 편해졌다. 나는 멘사가 비상 신호기를 발사하라고 해서 기뻤다. 아직 몇 명은 회사를 의심하고 있었지만 이 행성을 떠날 수 있는 다른 방법이 있는 것도 아니었다.

아라다가 손을 뻗어 오버스의 손을 잡으며 말했다.

"만약 이런 짓을 하는 게 회사가 아니라면 누구지?"

"누군가 있겠지."

멘사가 생각에 잠겨 이마를 문지르며 인상을 썼다.

"델타폴에 있던 보안유닛 중 두 기도 어디선가 온 거야. 보안유닛, 난 회사가 뇌물을 받고 이 행성에 세 번째 탐사대가 있다는 사실을 숨겼을지도 모른다는 생각이 들어."

내가 말했다.

"회사는 뇌물을 받고 이 행성에 수백 개의 탐사대가 있다는 사실을 숨겼을 수도 있습니다."

탐사대든, 도시든, 잃어버린 개척지든, 서커스단이든 숨길 수 있는 건 뭐든지 숨길 수 있었다. 다만 고객의 탐사대가, 그것도 두 탐사대가 사라지게 해놓고 어떻게 숨길 수 있는지는 알 수 없었다. 그리고 그들이 왜 그러는지도. 보증 회사와 경쟁자는 넘쳐났다. 고객이 죽는다면 사업에 끔찍한 영향을 끼칠 터였다.

"제 생각에는 회사가 어느 한 고객 집단과 공모해서 다른 두 고객 집단을 죽이려고 한 것 같지는 않습니다. 여러분은 회사가 안전을 보장한다거나 사상자가 생겼을 때 보상금을 지불한다는 보증 계약을 구입했을 겁니다. 회사가 여러분의 죽음에 일부는 책임을 지지 않을 수 있지만, 그래도 유족에게 보상을 해야 합니다. 델타폴은 규모가 큰 탐사대입니다. 사망 보상만 해도 엄청날 겁니다."

그리고 회사는 돈 쓰기를 싫어했다. 거주지의 가구에 씌운 재활용 덮개만 봐도 알 수 있었다.

"게다가 고객이 고장 난 보안유닛에게 살해되었다는 사실이 인정되면, 소송이 제기되고 보상금은 훨씬 더 커질 겁니다."

카메라를 통해 다들 내 말을 받아들이면서 고개를 끄덕이거나 생각에 잠긴 표정을 짓는 게 보였다. 그들은 내가 보안유닛이 오작동해 고객을 죽인 뒤에 벌어진 일에 경험이 있다는 사실을 떠올렸다.

"그러니까 회사는 뇌물을 받고 세 번째 탐사대를 숨겼지만, 우리를 죽이는 것까지 허용하지는 않는다는 거로군."

오버스가 말했다.

고객이 과학자일 때 좋은 건 이해가 빠르다는 점이다.

"즉 우리는 귀환선이 올 때까지 살아만 있으면 된다는 소리네."

"그런데 누굴까?" 아라다가 손을 흔들었다. "누군지는 몰라도 그 사람들이 해킹으로 위성을 통제한다는 건 알겠어."

보안카메라를 통해 보니 아라다가 내 쪽을 바라보고 있었다.

"그 방법으로 델타폴 보안유닛을 통제한 거야? 다운로드를 해서?"

좋은 질문이었다. 내가 말했다.

"가능합니다. 하지만 델타폴의 세 유닛 중 한 기가 채굴용 드릴에 맞아 허브 밖에서 죽은 이유는 설명이 안 됩니다."

우리는 원래 다운로드를 거부할 수 없었다. 그리고 내 생각에 지배모듈을 해킹한 뒤 이를 숨기는 보안유닛이 더 있을 것 같지도 않았다.

"만약 델타폴 그룹도 우리처럼 장비 고장이 많아져서 보안유닛을 위한 다운로드를 거부했다면, 신원 불명의 두 유닛은 델타폴 유닛을 수동으로 오염시키려고 보낸 것일 수도 있습니다."

라티는 먼 곳을 바라보고 있었다. 나는 피드를 통해 그가 델타폴 거주지에서 촬영된 내 현장카메라 영상을 다시 보고 있음을 알 수 있었다. 라티가 내 쪽을 가리키며 고개를 끄덕였다.

"나도 동의해. 하지만 그건 델타폴 그룹이 신원 불명의 유닛을 거주지 안으로 들였다는 뜻인데."

아마도 그랬을 것이다. 우리는 델타폴의 호퍼가 모두 제자리에 있는 것을 확인했다. 하지만 다른 호퍼가 내려앉았다가 떠난 적이 있는지 알 수 있는 방법은 없었다. 말이 나온 김에 우리 경계가 어떤지 재빨리 보안 피드를 확인했다. 드론들은 여전히 순찰 중이었고, 경보 센서도 모두 핑 신호에 반응했다.

오버스가 말했다.

"그런데 왜? 모르는 사람을 왜 거주지 안으로 들여보내? 자기 존재를 숨기고 있는 집단을 말이야?"

"당신이라도 그랬을 겁니다."

내가 말했다.

입을 다물고 있었어야 했다. 계속 나를 평범하게

말 잘 듣는 보안유닛으로 여기도록, 내 진짜 모습을 떠올리지 않도록. 그러나 나는 인간들이 조심하기를 바랐다.

"만약 낯선 탐사대가 이곳에 착륙했다고 해보십시오. 다들 친근하게 굴면서 방금 도착했는데 장비에 고장이 생겼다거나 의료시스템이 먹통이라 도움이 필요하다고 말하는 겁니다. 여러분도 받아들였을 겁니다. 제가 그러지 말라고 해도요. 회사의 안전 규정 위반이라고 말해도 그렇게 했을 겁니다."

내가 모질게 굴거나 어쩌려던 건 아니었다. 회사 규정의 상당수는 바보 같은 것이거나, 그저 이익을 늘리기 위해 만들어진 것이다. 하지만 정말 있을 만해서 있는 규정도 있다. 낯선 자를 거주지 안에 들이지 않는다는 게 그중 하나였다.

아라다와 라티가 마주보며 쓴웃음을 지었다. 오버스는 인정했다.

"그랬을지도 몰라. 그건 그래."

멘사는 조용히 듣고 있다가 말했다.

"내 생각에는 그보다 쉬웠을 것 같아. 그들은 아마

우리라고 말했을 거야."

아주 간단한 방법이었다. 나는 몸을 돌려 멘사를 똑바로 쳐다보았다. 눈썹을 찡그린 채 생각에 잠겨 있었다.

멘사가 말했다.

"착륙해서 우리라고 말하는 거야. 도움이 필요하다고. 놈들이 우리 허브시스템에 접속할 수 있었다면, 통신을 엿듣는 건 쉬웠을 거야."

내가 말했다.

"여기로 올 때는 그렇게 하지 않을 겁니다."

이 다른 탐사대가 어떤 식으로 올지는 그들이 무엇을 가지고 있는지, 경쟁 탐사대를 제거할 준비를 하고 왔는지, 여기 온 뒤에 그렇게 하기로 결정했는지에 달려 있었다. 그들은 무장한 비행기와 전투용 보안유닛, 무장 드론을 갖고 있을 수도 있었다. 나는 데이터베이스에서 몇 가지 사례를 뽑아 인간들이 볼 수 있도록 피드로 보냈다.

의료시스템 피드에서 방금 라티와 오버스, 아라다의 심박수가 상승했다는 알림이 왔다. 멘사는 그대로였다. 아마도 이런 일을 미리 염두에 두었던 듯했다. 이게 바로 핀-리와 구라틴을 보내 허브시스템을 정지시킨 이유였다.

라티가 불안한 목소리로 말했다.

"그 사람들이 오면 우리는 어떡하지?"

내가 말했다.

"다른 곳에 가 있어야 합니다."

* * *

멘사는 신호기를 통해 도움을 요청하는 동안 우리가 거주지를 떠나야 한다고 생각했다. 어쩌면 그런 생각을 한 인간이 멘사밖에 없다는 게 이상해 보일지도 모르겠다. 하지만 내가 전에 말했듯이 이들은 용감한 은하계 탐험가가 아니었다. 그저 일을 하다가 갑자기 끔찍한 상황에 처한 사람들일 뿐이었다.

그런 내용이 출발 전 오리엔테이션에서 분명하게 고지되었음은 물론이다. 회사에 서명한 뒤 제출했던 포기증서에도, 온갖 위험 정보가 담겨 있는 탐사 패키지에도, 이곳이 거의 탐사되지 않은 행성의 위험이 잠재된 지역이라는 보안유닛의 현장 브리핑에도 그런 내용이 있었다. 그들은 안전을 위한 조치를 취하지 않고서는 거주지 밖으로 나가지 말아야 한다. 그리고 우리는 밤을 보내야 하는 조사에 나선 적이 한 번도 없었다. 그러니 우리가 호퍼 두 대 모두를 비상용 보급품으로 채우고 도망쳐야 할지도 모르며, 그게 거주지에 있는 것보다 더 안전하다는 아이디어는 이해하기 어려운 것이었다.

그러나 핀-리와 구라틴이 허브시스템의 작동을 중단시키고, 볼레스쿠가 내게 온 위성 다운로드를 풀어보자 인간들은 꽤 빨리 상황을 이해했다.

내가 마지막 남은 보호피부와 장갑을 다시 입는 동안 바라다지가 통신으로 요약해주었다.

"그건 보안유닛을 통제하게 되어 있었어. 그리고 지시 내용은 아주 구체적이야."

바라다지가 말을 이었다.

"일단 보안유닛이 통제에 들어오면, 그 사람들이 의료시스템과 보안시스템에 접속하도록 해주게 되어 있어."

나는 헬멧을 쓰고 불투명하게 만들었다. 그 안도감이란 강렬했다. 전투 우선 모듈이 사라졌다는 사실을 알게 됐을 때만큼이나. 사랑하는 내 장갑, 다시는 널 떠나지 않으리.

멘사가 통신으로 말했다.

"핀-리, 신호기는 어떻게 됐어?"

"발사 프로세스를 시작하니까 진행 신호가 떴어."

핀-리는 평소보다 훨씬 더 화가 나 있는 것 같았다.

"그런데 허브시스템이 꺼져서 확인할 수가 없어."

나는 피드를 통해 드론 하나를 보내 확인할 수 있다고 말했다. 신호기 발사가 잘 되느냐는 지금 아주 중요했다. 멘사가 그렇게 하라는 신호를 보냈고 나는 드론 하나에 명령을 전달했다.

우리 신호기는 안전을 위해 거주지에서 몇 킬로미터 떨어져 있었다. 그렇지만 우리는 발사 소리를 들을 수 있을 것이었다. 어쩌면 안 들릴 수도 있고. 전에는 한 번도 발사해본 적이 없으니 알 수 없는 일이었다.

멘사는 이미 인간들을 모아서 움직이고 있었다. 나는 무기와 여분의 드론을 챙기자마자 상자 몇 개를 집어 들었다. 그러면서 보안카메라를 통해 드문드문 대화를 계속 듣고 있었다.

("그게 사람이라고 생각해야 해." 핀-리가 구라틴에게 말했다. "그건 사람이야." 아라다가 주장했다.)

라티와 아라다가 의료 물품과 여분의 배터리를 들고 내 옆을 뛰어 지나쳤다. 나는 드론의 경계 범위를 가능한 한 넓혔다. 델타폴을 공격한 자들이 누구든 언제 나타날지 몰랐다. 곧 나타날 가능성도 컸다. 구라틴이 나와 대형 호퍼와 소형 호퍼의 시스템을 점검했다. 그는 우리 말고는 누구도 접속한 적이 없으며 허브시스템이 코드에 장난을 치지 않았다는 사실을 확인했다. 나는 드론 하나를 통해 계속 구라틴을 주시했다. 구라틴도 계속 나를 바라보았다. 아니, 계속 바라보지 않으려고 애쓰고 있는 걸지도 몰랐다. 후자가 더 안 좋았다. 지금은 다른 데 정신을 팔아서는 안 된다. 다음 공격은 빠르게 올 터였다.

("난 그걸 사람으로 생각한다고. 우리를 믿을 이유가 전혀

없는, 화가 나 있고 중무장한 사람으로." 구라틴이 말했다. "그러면 그만 좀 못되게 굴어. 그러면 좀 나을 걸." 라티가 말했다.)

"그 사람들은 자기네 보안유닛이 우리 보안유닛에 전투 우선 모듈을 넣는 데 성공한 걸로 알고 있어."

멘사가 통신으로 말했다.

"그리고 우리가 그걸 제거했다는 걸 알 만큼 그들이 허브시스템으로부터 충분한 정보를 받았다고 가정해야 해. 하지만 우리가 그들의 존재를 떠올렸다는 건 모르고 있을 거야. 보안유닛이 허브시스템의 접속을 차단했을 때 우리는 이런 짓을 벌인 게 회사라고 가정하고 있었으니까. 자기들이 온다는 걸 이미 우리가 알고 있다는 사실은 모를 거야."

그래서 우리는 계속 움직여야 했다. 라티와 아라다가 의료 물품과 배터리에 대한 질문에 답하느라 걸음을 멈추자 나는 그 두 인간을 거주지로 돌려보내며 어서 짐을 옮기라고 보챘다.

내가 직면할 문제는 살인봇이 싸우는 방식이었다. 우리는 목표를 향해 몸을 던지고 서로 먼저 죽이려는 식으로 싸운다. 몸의 90퍼센트는 칸막이방 안에서 재생하거나 교체할 수 있다는 것을 알기 때문이다. 그래서 굳이 정교한 솜씨는 필요하지 않다.

하지만 거주지를 떠나면 나는 칸막이방에 갈 수가 없다. 칸막이방은 분해하는 방법을 안다고 해도(어차피 모르지만) 너무 커서 호퍼에 들어가지 않았고, 전력도 너무 많이 먹었다.

어쩌면 상대편은 나 같은 보안용 봇이 아니라 전투용 봇을 가지고 있을 수도 있었다. 그럴 경우 우리의 유일한 희망은 귀환선이 도착할 때까지 도망 다니는 것뿐이었다. 그것도 다른 탐사대가 회사에 뇌물을 먹여 수송선을 늦추지 않았다면 해볼 수 있는 일이었다. 나는 아직 그 가능성을 입에 올리지 않았다.

짐을 거의 다 실었을 때 핀-리가 통신으로 말했다.

"찾았어! 그 사람들이 허브시스템에 접속 코드를 숨겨놓고 있었어. 우리 음성이나 영상 데이터를 보내지는 않았어. 우리 피드를 보여주지도 않았고. 하지만 주기적으로 명령을 수신하고 있었어. 우리 위험 정보와 지도 패키지에서 정보를 지우고, 명령을 보내서 소형 호퍼의 자동조종을 망가뜨린 방법이 이거였어."

구라틴이 덧붙였다.

"두 호퍼 다 지금은 깨끗해. 그리고 내가 비행 전 점검 절차를 시작했어."

멘사가 무언가 말했지만 나는 거의 동시에 보안시스템에서 경보 알림을 받았다. 드론 한 기가 내게 비상 신호를 보내고 있었다.

잠시 뒤 드론으로부터 우리 신호기가 설치된 장소를 촬영한 영상을 받았다. 발사용 삼각대는 옆으로 쓰러져 있었고 캡슐의 잔해가 흩어져 있었다.

나는 그 영상을 일반 피드에 올렸다. 인간들이 조용해졌다. 라티가 조그맣게 말했다.

"썅."

"계속 움직여."

멘사가 통신으로 말했다. 목소리가 날카로웠다.

허브시스템이 멈추자 우리에게는 작동 중인 스캐너가 없었다. 하지만 나는 가능한 한 경계를 넓혀두었다. 방금 보안시스템은 가장 남쪽에 있는 드론 한 기와 연락이 끊겼다. 나는 마지막 상자를 화물칸에 던져 넣고 드론에게 명령을 내렸다. 그리고 통신기에 외쳤다.

"오고 있습니다! 이륙해야 합니다, 당장!"

호퍼 앞에서 인간들을 기다리며 왔다 갔다 하는 건 의외로 스트레스가 심한 일이었다. 볼레스쿠가 모래밭 위를 걸을 수 있도록 바라다지를 도우며 함께 나왔다. 오버스와 아라다는 어깨에 가방을 걸치고 나오며 뒤에서 따라오는 라티에게 서두르라고 외쳤다. 구라틴은 이미 대형 호퍼 안에 있었고, 멘사와 핀-리가 마지막으로 나왔다.

인간들은 둘로 나뉘었다. 핀-리와 볼레스쿠, 바라다지는 소형 호퍼로 향했고 나머지는 대형 호퍼로 갔다. 나는 바라다지가 경사로를 잘 오를 수 있는지 확인했다. 대형 호퍼에서는 멘사와 내가 해치 앞에서 서로 가장 늦게 들어가려고 하면서 문제가 생겼다. 절충안으로 내가 멘사의 허리를 붙잡고 경사로가 올라오는 사이에 해치 위로 몸을 날렸다. 바닥에 내려놓자 멘사가 말했다.

"고마워, 보안유닛."

다른 인간들이 쳐다보았다.

헬멧 덕분에 조금 수월하게 견뎠지만 보안카메라가 제공하는 편안한 완충 효과가 그리울 것 같았다.

나는 천장의 손잡이를 붙잡고 서 있었다. 인간들은 앉아서 벨트를 맸고, 멘사는 조종석으로 갔다. 소형 호퍼가 먼저 이륙했다. 멘사는 간격을 두려고 잠시 기다렸다가 뒤따라 떠올랐다.

우리는 가정 아래 움직이고 있었다. 정체가 무엇이든 간에 '그들'은 우리가 이미 '그들'이 여기 있다는 걸 알고 있다고는 생각지도 못했을 것이다. 그러므로 비행선을 한 대만 보낼 것이다. '그들'은 우리를 거주지 안에서 잡을 거라고 예상하고 있으며, 아마도 우리의 발을 묶기 위해 먼저 호퍼를 파괴하고 나서 인간들을 처리할 것이다. 이제 우리는 '그들'이 남쪽에서 왔다는 사실을 알고 있으니 마음대로 방향을 고를 수 있었다. 작은 호퍼가 서쪽으로 방향을 틀었고 우리도 뒤를 따랐다.

나는 그들의 호퍼에 우리 것보다 더 범위가 넓은

스캐너가 없기만을 바랐다.

호퍼의 피드에서 내 드론들 대부분을 볼 수 있었다. 밝은 점이 지도에서 삼차원 형상을 만들고 있었다. 1그룹은 내가 지시한 대로 거주지 근처의 랑데부 지점에 모여들었다. 나는 계속해서 적의 도착 시각을 어림잡아 계산해보았다. 우리가 범위 밖으로 나가기 직전에 나는 드론에게 북동쪽으로 향하라는 명령을 내렸다. 드론 무리는 곧 범위 밖으로 사라졌다. 배터리를 다 소모할 때까지 마지막 지시에 따를 터였다.

나는 다른 탐사대가 드론 무리를 포착하고 따라가기를 바랐다. 그들은 우리 거주지가 시야에 들어오는 순간 사라진 호퍼를 보고 우리가 도망쳤다는 사실을 알게 될 것이었다. 거주지를 수색하기 위해 멈출 수도 있지만, 탈출 경로를 찾아 나설 수도 있었다. 어느 쪽일지 추측하는 건 불가능했다.

그러나 우리가 방향을 틀어 멀리 떨어진 산맥을 향해 날아가는 동안 아무것도 우리를 따라오지 않았다.

6

인간들은 사전에 어디로 갈지 논의를 해두었다. 아
니, 생존에 필요한 물품을 얼마나 호퍼 안에 넣을 수
있을지 미친 듯이 계산하는 동안 남는 시간을 최대
한 이용해 논의했다. 우리는 라티가 이제 '사악한 탐
사대'라고 부르기 시작한 이 집단이 허브시스템에 접
속했고, 우리가 다녀온 평가 지역을 모두 파악했다는
사실을 알았다. 따라서 우리는 새로운 곳으로 가야
했다.

우리는 오버스와 라티가 지도를 훑어보고 제안한
장소로 향했다. 울창한 열대 정글 속에 바위투성이

언덕이 이어진 곳이었다. 동물군이 워낙에 다양해서 생체 신호 스캔도 속일 수 있을 정도였다. 멘사와 핀-리가 호퍼를 내려 바위 절벽 사이에 안착시켰다. 나는 드론 몇 기를 올려 보내 여러 각도에서 시야를 확인했고, 우리는 호퍼의 위치를 몇 번 바꿨다. 그러고 나서 나는 경계를 설정했다.

안전한 느낌은 들지 않았다. 생존을 위한 오두막 키트가 호퍼에 몇 개 있었지만, 아무도 그걸 세우자고 하지 않았다. 인간들은 당분간 호퍼에 머무르며 통신과 호퍼의 제한적인 피드로 소통할 생각이었다. 인간들에게 편리한 환경은 아니었지만(일단 위생 시설이 작고 제한적이었다) 좀 더 안전할 터였다. 우리 스캐너의 범위 안에서 크고 작은 동물들이 움직였는데, 그것들은 호기심이 많은 데다가 내 고객을 죽이려는 사람들만큼이나 위험할 수도 있었다.

나는 드론 몇 기를 데리고 간단히 정찰을 나갔다. 그리고 뭔가 커다란 것, 이를테면 한밤중에 소형 호퍼를 끌고 갈 수 있을 만한 건 없다는 걸 확인했다. 그러자 내게도 생각할 여유가 좀 생겼다.

인간들은 지배모듈에 대해 알고 있었다. 그게 없다는 사실까지도. 멘사가 보고하지 않겠다고 맹세했지만, 내가 무엇을 하고 싶은지는 생각을 해봐야 했다.

구성체를 반은 봇, 반은 인간으로 생각하는 건 잘못된 일이다. 그러면 마치 두 절반이 별개인 것처럼 들린다. 봇 부분은 명령에 따라 일을 하려 하고, 인간 부분은 자신을 보호하기 위해 도망치려 하는 식으로 말이다. 실제로는 그 반대였다. 나는 혼란스러워하는 하나의 완전한 존재였다. 무엇을 원하는지도, 무엇을 해야 하는지도, 무엇이 필요한지도 전혀 모르는.

어쩌면 인간들이 알아서 하도록 내버려둘 수도 있었다. 하지만 아라다나 라티가 폭주한 보안유닛에게 잡히는 모습을 상상해보니 속이 뒤틀렸다. 현실에 대해 감정을 느끼는 건 싫었다. 그런 건 〈거룩한 위성〉을 보고 느끼는 편이 훨씬 나았다.

그러면 난 어떻게 해야 할까? 이 텅 빈 행성을 떠나 배터리가 다 닳을 때까지 그냥 살아가기? 만약 그럴 생각이라면 좀 더 제대로 된 계획을 세워서 더 많은 엔터테인먼트 자료를 다운로드받았어야 했다. 그

146

래도 배터리의 수명이 다할 때까지 볼 수 있을 만큼 받을 수는 없었겠지만. 내 사양에 따르면 내게는 앞으로 수십만 시간이 남아 있었다.

그리고 그건 내가 보기에도 바보 같은 짓 같았다.

* * *

오버스는 누군가 이 지역을 스캔하면 우리가 경고를 받을 수 있도록 원거리 감지 장비를 설치했다. 인간들이 다시 호퍼로 돌아가자 나는 모두 다 있는지 확인하려고 재빨리 피드로 머릿수를 셌다. 멘사가 경사로에서 기다리고 있었다. 나와 따로 이야기를 하고 싶다는 뜻이었다. 나는 피드와 통신의 음성을 소거했다.

멘사가 말했다.

"네가 헬멧이 불투명한 걸 더 편하게 여긴다는 건 알아. 하지만 상황이 바뀌었어. 우리는 너를 볼 수 있어야 해."

나는 그러고 싶지 않았다. 지금은 전보다 더 그랬다. 이 인간들은 나에 관해 너무 많이 알았다. 하지만 이들이 나를 믿어야 내가 이들을 살려놓을 수 있고 내 일을 계속할 수 있었다. 누군가가 내 고객을 죽이려 들기 전에 했던 것처럼 대충대충이 아니라 제대로 말이다. 그래도 내키지는 않았다.

"보통은 인간들이 저를 로봇으로 여기는 게 더 낫습니다."

내가 말했다.

"평범한 상황이라면 그럴지도."

멘사는 시선을 마주치지 않으려고 살짝 옆쪽을 쳐다보았다. 나는 고마웠다.

"하지만 상황이 달라. 사람들이 너를 돕고 싶어 하는 한 사람으로 생각할 수 있다면, 그게 더 나을 거야. 왜냐하면 나도 너를 그렇게 생각하니까."

내 내면이 녹아들어갔다. 그렇게밖에 표현할 수 없었다. 얼마 뒤 표정을 가다듬을 수 있게 되자 나는 안면보호대를 투명하게 바꾸고 보호대와 헬멧을 장갑 안으로 접어 넣었다.

멘사가 말했다.

"고마워."

나는 멘사를 따라 호퍼 안으로 들어갔다. 다른 인간들은 이륙 직전에 마구 던져 넣은 장비와 보급품을 정리하고 있었다.

"그 사람들이 위성 기능을 복구한다면 말이지."

라티가 뭐라고 이야기하고 있었다.

"우릴 잡을 때까지 그런 일은 없을걸."

아라다가 말했다. 통신으로 핀-리가 화와 짜증이 뒤섞인 한숨을 쉬었다.

"이 개자식들이 누군지만 알았어도."

"우리는 이제 어떻게 할지 이야기해야 해."

멘사가 잡담을 끊으며 선실 전체를 볼 수 있는 뒷자리에 앉았다. 다른 인간들도 멘사를 마주보며 앉았다. 라티는 이동식 좌석을 빙글 돌렸다. 나는 우측 벽에 달린 긴 의자에 앉았다. 피드가 소형 호퍼의 선실에서 나머지 인원이 앉아서 듣고 있는 모습을 보여주었다. 멘사가 말을 이었다.

"내가 답을 구하고 싶은 다른 문제도 있고."

구라틴이 기대하는 듯한 표정으로 나를 바라보았다. 멘사는 내 얘기를 하고 있는 게 아니라고, 멍청아.

라티가 음울한 표정으로 고개를 끄덕였다.

"왜일까? 이 사람들은 왜 그러는 걸까? 이게 무슨 가치가 있어서 그러는 걸까?"

"지도에서 빠진 구역과 관련이 있는 게 분명해."

오버스가 말하며 자기 피드에 저장된 이미지를 불러냈다.

"틀림없이 거기에 그 사람들이 원하는 게 있을 거야. 우리든 델타폴이든 찾아내기를 원치 않는 게."

멘사가 일어서서 천천히 걸었다.

"분석에서 뭐가 나왔어?"

아라다가 피드를 통해 재빨리 바라다지와 볼레스쿠와 상의했다.

"아직. 하지만 테스트를 다 해본 건 아니야. 아직까지는 흥미로운 게 나오지 않았어."

"정말 이런 짓을 하고도 괜찮을 거라고 생각하는 걸까?"

라티가 나를 보며 말했다. 마치 대답을 기대하기라도 한다는 듯이.

"물론 회사의 시스템과 위성을 해킹할 수는 있어.

그리고 보안유닛에게 책임을 지우려고 하겠지. 하지만… 철저하게 조사할 텐데. 그 사람들도 이걸 모를 리 없어."

너무 많은 요소가 개입되어 있었다. 우리가 모르는 요소도 너무 많았다. 하지만 나는 원래 직접 묻는 질문에 대답을 해야 했다. 지배모듈이 없어졌어도 오랜 습관은 쉽게 사라지지 않았다.

"그자들은 아마도 회사와 여러분으로부터 수익을 얻는 모종의 집단이 폭주한 보안유닛이 원인이라는 설명에 만족할 거라고 생각하고 있을 겁니다. 하지만 탐사대가 소속되어 있는 기업이나 정치적 독립체가 조금이라도 관심이 있다면 두 탐사대 전체를 사라지게 할 수는 없습니다. 델타폴이 소속된 조직은 관심이 있나요? 여러분이 속한 곳은 어떻습니까?"

그러자 무슨 이유에서인지 다들 나를 바라보았다. 나는 고개를 돌려 창밖을 바라보았다. 헬멧을 쓰고 싶은 생각이 간절했고, 내 유기체 부분이 땀을 흘리기 시작했다. 하지만 나는 멘사와 나눈 대화를 재생해보고 간신히 참았다.

볼레스쿠가 말했다.

"너는 우리가 누군지 모르는 거야? 회사에서 얘기 안 해줬어?"

"첫 다운로드 자료에 정보 패킷이 있었습니다."

나는 바위 옆 우거진 녹색 수풀에 시선을 둔 채 말했다. 나는 얼마나 내 일에 관심이 없었는지 이야기하고 싶은 마음이 전혀 없었다.

"읽지 않았습니다."

아라다가 부드럽게 물었다.

"왜 안 읽었어?"

모두의 시선이 내게 향한 상황에서 적당한 거짓말을 떠올릴 수가 없었다.

"관심이 없었거든요."

구라틴이 말했다.

"그걸 믿으라는 거야?"

얼굴이 움찔거리며 턱이 뻣뻣하게 굳었다. 억제할 수 없는 신체 반응이었다.

"좀 더 정확히 말씀드리지요. 저는 무관심했습니다. 살짝 귀찮기도 했고요. 이건 믿으십니까?"

구라틴이 말했다.

"왜 우리가 너를 보는 걸 싫어하지?"

내 턱이 너무 단단하게 굳어버려서 피드에서 기능 안정성 경보가 울렸다.

"저를 보실 필요는 없습니다. 전 섹스봇이 아니니까요."

라티가 한숨과 함께 분노가 섞인 코웃음 소리를 냈다. 나를 향해서는 아니었다. 그가 말했다.

"구라틴, 내가 말했잖아. 그건 수줍어한다고."

오버스가 덧붙였다.

"인간과 상호작용하기를 원치 않아. 왜 그래야 하겠어? 구성체가 어떤 취급을 받는지 알잖아. 특히 기업-정치적인 환경에서 말이야."

구라틴이 나를 보며 말했다.

"그러니까 지배모듈은 없지만, 우리는 너를 쳐다봄으로써 혼내줄 수 있다는 거네."

내가 구라틴을 바라보았다.

"아마도 그럴 겁니다. 제 팔에 총이 들어 있다는 사실을 제가 떠올리기 전까지는요."

멘사가 빈정대는 투로 말했다.

"자, 구라틴. 저게 널 협박했어. 하지만 폭력을 쓰지는 않았어. 이제 만족해?"

구라틴이 물러났다.

"일단은."

그러니까 나를 시험하고 있었다는 소리였다. 와, 용감한데. 그리고 아주아주 멍청했어.

구라틴이 내게 말했다.

"난 네가 외부의 강압을 받고 있지 않은지 확인하고 싶어."

"이제 됐어."

아라다가 일어서더니 내 옆에 앉았다. 나는 아라다를 밀어내고 싶지 않았기 때문에 어쩔 수 없이 구석에 몰리고 말았다.

아라다가 말했다.

"시간을 좀 더 줄 필요가 있어. 예전에는 인간하고 자유롭게 상호작용한 적이 없잖아. 이건 우리 모두에게 배울 점이 있는 경험이라고."

다른 인간들은 고개를 끄덕였다. 마치 이게 말이나

된다는 것처럼.

멘사가 피드로 내게 개인 메시지를 보냈다. **네가 괜찮으면 좋겠어.**

제가 필요하기 때문이겠죠. 어디서 이런 말이 나왔는지 모르겠다. 그래… 내가 한 말이었다. 하지만 멘사는 내 고객이고 나는 보안유닛이었다. 우리 둘 사이에는 감정적으로 얽힐 게 없었다. 내가 징징대는 인간 아기처럼 말해야 할 이성적인 이유도 없었다.

물론 나는 네가 필요해. 난 이런 일에 아무 경험이 없어. 우리 모두 그래. 때때로 인간은 감정을 억제하지 못하고 피드로 흘려보내곤 했다. 멘사는 화도 났고 겁먹기도 했다. 내가 아니라 이런 식으로 살인을 저지르고 탐사대 전체를 학살한 뒤 보안유닛에게 누명을 씌우는 인간들에게. 멘사는 분노를 참으려 애쓰고 있었지만, 얼굴에는 차분하고 걱정스러운 표정만 드러내고 있었다. 피드를 통해 나는 멘사가 마음을 굳게 먹고 있다는 것을 느꼈다. **너는 여기서 유일하게 당황하지 않는 존재야. 이 상황이 길어지면 다른 사람들은….. 우리는 모여 있어야 해. 머리를 모아야 해.**

그건 분명한 사실이었다. 그리고 나는 도울 수 있었다. 단순히 보안유닛처럼 행동함으로써. 모두를 안전하게 만드는 건 내가 할 일이었다. **저는 항상 당황합니다. 당신이 보지 못할 뿐이지요.** 멘사에게 말했다. 나는 '농담'에 해당하는 표시를 덧붙였다.

멘사는 대답하지 않았지만, 아래를 내려다보며 혼자 웃었다.

라티가 말하는 중이었다.

"다른 질문이 있어. 그 사람들은 어디 있는 걸까? 우리 거주지 남쪽에서 왔지만, 그것 가지고는 아무것도 알 수 없어."

내가 말했다.

"제가 거주지에 드론 세 기를 두고 왔습니다. 허브 시스템이 멈춰서 스캔 기능은 없지만, 영상과 음성 기록은 아직 작동합니다. 어쩌면 그 질문에 대답이 될 만한 내용을 포착할지도 모릅니다."

드론 하나는 거주지의 원거리 시야를 확보할 수 있는 나무에 두었고, 다른 하나는 입구 위로 돌출되어 있는 지붕 아래에 숨겼고, 허브 안쪽 콘솔 아래에도 하나 놓았다. 작동 중단 바로 전 단계로 설정해 기록만 가능하게 해두었기 때문에 사악한 탐사대가 스캔을 해도 드론은 거주지의 환경시스템에서 나오는 주변의 에너지 수치에 묻혀 있을 터였다. 평소처럼 드론을 보안시스템에 연결해 데이터를 저장하고 지루한 부분을 걸러내는 건 하지 못했다. 사악한 탐사대가 그곳을 확인할 게 뻔했고, 그래서 보안시스템의 저장소를 대형 호퍼의 시스템으로 옮기고 난 뒤에 깨끗이 비웠다.

그리고 나는 그자들이 이미 알고 있는 것 이상으로 나에 대해 알아내는 것도 원치 않았다.

모두가 다시 나를 바라보고 있었다. 살인봇이 계획을 세웠다는 게 놀라운 모양이었다. 솔직히 그럴 만도 했다. 우리의 교육모듈에는 그런 게 들어 있지 않았다. 하지만 내가 그동안 보고 읽었던 온갖 스릴러나 모험담이 이런 식으로 유용해질 수도 있었다. 멘사가 대단하다는 듯이 눈썹을 추어올리며 말했다.

"그런데 여기서 신호를 받을 수는 없잖아."

"그렇습니다. 제가 가서 데이터를 가져와야 합니

다."

내가 말했다.

핀-리가 몸을 숙여 소형 호퍼의 카메라 시야 안으로 더 들어왔다.

"내가 작은 스캐너를 드론에 붙일 수 있을 거야. 좀 크고 느려지겠지만, 음성과 영상 외에 다른 정보도 얻을 수 있을 거야."

멘사가 고개를 끄덕였다.

"그렇게 해. 하지만 우리가 가진 게 제한적이라는 건 잊지 마."

멘사는 피드로 신호를 보내 나를 보지 않은 채 내게 이야기하고 있음을 알렸다.

"그 다른 집단이 우리 거주지에 얼마나 오래 머물 것 같아?"

다른 호퍼에서 볼레스쿠가 신음했다.

"우리 표본, 우리 데이터. 우리가 작업한 걸 그놈들이 파괴한다면—"

다른 인간들도 동감하며 절망과 우려를 나타냈다. 나는 그 소리를 끄고 멘사에게 대답했다.

"오래 있을 것 같지는 않습니다. 그곳에는 원하는
게 없습니다."

순간 멘사는 얼굴에 자신이 얼마나 걱정스러워하
고 있는지 드러냈다.

"원하는 게 우리니까."

멘사가 나직하게 말했다.

그 점에 관해서도 멘사가 전적으로 옳았다.

＊ ＊ ＊

멘사가 불침번 순서를 정했다. 내가 대기 상태로
들어가 진단과 재충전을 해야 하는 시간도 포함해서
짰다. 나는 그 시간을 이용해 〈거룩한 위성〉을 좀 보
고 온전한 정신으로 인간을 가까이 대하는 능력을 충
전할 계획도 세웠다.

인간들이 잠을 자거나 각자 피드에 깊이 빠지는 등
자리를 잡자 나는 경계를 순찰하며 드론을 점검했다.
밤은 낮보다 더 시끄러웠다. 하지만 아직은 곤충이나
파충류보다 더 큰 동물이 호퍼 근처로 다가오지는 않

았다. 대형 호퍼의 해치를 열고 들어가자 라티가 조종석에 앉아 스캐너를 주시하며 불침번을 서고 있었다. 나는 승무원 구역을 지나 앞으로 가서 옆자리에 앉았다. 라티가 내게 고개를 끄덕이며 물었다.

"다들 괜찮아?"

"네."

그러고 싶지는 않았지만 물어봐야 했다. 내가 다운로드받은 엔터테인먼트 자료를 영구히 저장할 공간을 마련한 다음 지워버린 것 중에 정보 패킷이 있었다. (나도 안다. 하지만 보통은 보안시스템에 여분의 저장소가 있었단 말이다.) 나는 멘사가 한 말을 떠올리고 헬멧을 벗었다. 라티만 있으니까 좀 더 쉬웠다. 우리 둘 다 얼굴은 콘솔을 향하고 있었다.

"여러분의 정치적 독립체가 관심을 기울이지 않겠느냐고 제가 물었을 때 왜 다들 이상하게 생각했던 겁니까?"

라티는 콘솔을 보며 웃었다.

"왜냐하면 멘사 박사가 우리 정치적 독립체니까."

라티는 손바닥을 위로 들어 보였다.

"우리는 보존 연합에서 왔어. 비기업형 독립체 중 하나지. 멘사 박사는 현재 운영위원장이야. 임기가 있는 선출직이지. 하지만 우리 고향의 원칙 중 하나는 회장도 평소 일을 계속해야 한다는 거야. 그게 뭐든 간에. 멘사가 평소 해야 할 일 중에 이런 탐사도 있어. 그래서 여기로 왔지. 우리도 그렇고."

음, 약간 바보가 된 기분이 들었다. 내가 아직 이해해보려 노력하고 있을 때 라티가 말했다.

"근데 말이야, 보존 연합이 관리하는 영역에서는 봇을 완전한 시민으로 간주해. 구성체도 똑같은 분류에 들어가."

라티는 넌지시 암시하는 투로 말했다.

그러거나 말거나. '완전한 시민'인 봇도 여전히 인간이나 증강인간 보호자를 지목해야 한다. 보통은 고용주였다. 뉴스 피드에서 본 적이 있었다. 그리고 봇들이 모두 행복한 하인으로 나오거나, 보호자와 은밀한 사랑에 빠져 있는 것으로 나오는 엔터테인먼트 피드에서도. 만약 아무도 기분이 어떤지 말해보라고 종용하지 않는 상황에서 하루 종일 엔터테인먼트 피드를 보며 노닥거리는 봇의 모습을 보여주었다면, 나도 훨씬 더 관심을 보였을 것이다.

"하지만 회사는 멘사가 누구인지 알고 있어."

라티가 한숨을 쉬었다.

"그래. 회사는 알아. 우리가 이번 탐사에서 보증을 받으려고 얼마를 내야 했는지 알면 믿지 못할 거야. 이 기업가 개자식들은 순 강도야."

그건 곧 우리가 신호기를 발사하기만 하면 회사가 꾸물거리지 않고 수송선을 빨리 보낼 거라는 뜻이었다. 사악한 탐사대가 뇌물을 먹여도 멈출 수 없을 것이다. 어쩌면 수송기가 도착하기 전에 무슨 문제인지 확인하려고 더 빠른 경비선을 보낼지도 몰랐다. 정치 지도자에 대한 보증료는 높았지만, 만약 그 사람에게 무슨 문제가 생겼을 때 회사가 지불해야 할 액수는 엄청났다. 엄청난 지출에, 다른 보증 회사들 면전에서 그리고 뉴스 피드에서 당할 수치를 생각하면…. 나는 의자에 기대 헬멧을 봉인하고 생각에 잠겼다.

우리는 사악한 탐사대가 누구인지, 우리가 누구를 상대하고 있는지 몰랐다. 하지만 그건 그쪽도 마찬가지일 거라고 나는 장담했다. 멘사의 지위는 보안 시스템에 저장된 보안 정보 패킷에만 있었고, 그자들은 볼 수 없었다. 만약 우리에게 무슨 일이 생긴다면 서로 맞서는 두 가지 조사가 철저하게 이루어질 터였다. 회사는 책임을 지울 대상을 필사적으로 찾을 것이고, 수익 집단은 회사에게 책임을 지우기 위해 필사적일 것이다. 둘 다 폭주한 보안유닛이라는 속임수를 금세 간파할 것이다.

그걸 어떻게 이용해야 할지는 나도 몰랐다. 어쨌든 지금으로서는. 우리가 모두 살해당한 뒤에 멍청한 회사가 복수할 것이라는 사실은 내게 위안이 되지 않았고, 거의 확실하게 인간들에게도 위안이 되지 않을 것이다.

* * *

다음 날 이른 오후, 나는 드론에서 정보를 얻길 기대하며 소형 호퍼를 타고 거주지 근처로 갈 준비를 마쳤다. 혼자 가고 싶었지만 아무도 내 말을 듣지 않았고 멘사와 핀-리, 라티가 함께 가기로 했다.

아침부터 기분이 우울했다. 지난밤에 새로 나온 드라마를 몇 편 보려고 했는데 그조차도 내 정신을 돌려놓을 수 없었다. 현실이 너무 강력했다. 일이 전부 잘못되어서 다들 죽을지도 모르고, 나는 총에 맞아 갈기갈기 찢어지거나 다른 지배모듈이 박히게 될지도 모른다는 생각을 하지 않을 수가 없었다.

내가 비행 준비를 하고 있을 때 구라틴이 다가와 말했다.

"나도 같이 갈 거야."

점점 참을 수 없는 지경이 되고 있었다. 나는 배터리의 진단을 마쳤다.

"만족한 줄 알았습니다만."

구라틴의 대답은 시간이 좀 걸렸다.

"어젯밤에 말한 건 그랬지."

"전 당신이 내게 한 말을 모두 기억하고 있습니다."

그건 거짓말이었다. 누가 그러고 싶을까? 난 대부분을 영구 저장소에서 지웠다.

구라틴은 아무 말도 하지 않았다. 멘사가 피드를

통해 내가 원하지 않으면, 혹은 팀의 안전에 위협이 된다면 그와 함께 가지 않아도 된다고 말했다. 나는 구라틴이 또 나를 시험하고 있음을 알고 있었다. 하지만 일이 잘못 되어서 구라틴이 죽는다 해도 나는 다른 인간이 죽었을 때와 마찬가지로 개의치 않을 것이다. 나는 멘사와 라티, 핀-리가 오지 않기를 바랐다. 위험을 감수하고 싶지 않았고, 이렇게 긴 여행에서는 라티가 내게 기분이 어떤지 이야기하려 들지도 몰랐다.

나는 멘사에게 괜찮다고 말했다. 우리는 이륙 준비를 마쳤다.

* * *

나는 서쪽으로 한참 돌아갔으면 했다. 사악한 탐사대가 우리를 포착한다고 해도 내 경로를 바탕으로 인간들의 위치를 알아내지 못하게 하려는 의도였다. 거주지에 다가가기 위한 위치에 이르렀을 때쯤 날이 저물고 있었다. 우리가 목표 지역에 도착했을 때는 완전히 어두워질 것이었다.

지난밤 인간들은 호퍼 안이 비좁은 데다가 죽을 수
도 있다는 생각 때문에 잠을 설쳤다. 멘사와 라티,
핀-리는 너무 피곤해서 말도 많이 못하고 잠들어버렸
다. 구라틴은 부조종석에 앉아서 오는 내내 한마디도
하지 않았다.

우리는 불빛과 통신을 모두 끄고 어두운 상태로 날
고 있었다. 나는 호퍼의 제한적인 내부 피드에 접속
해서 신중하게 스캔을 감시했다. 구라틴도 이식한 인
터페이스를 통해 피드를 인식하고 있었지만(나는 구라
틴의 존재를 느낄 수 있었다) 위치를 확인하는 것 이외의
용도로는 사용하지 않았다.

구라틴이 "질문이 있어"라고 말했을 때 나는 움찔
했다. 지금껏 조용히 있었던 터라 그만 마음을 놓고
있었던 모양이었다.

피드를 통해 구라틴이 나를 보고 있다는 사실을 알
았지만 나는 그쪽을 쳐다보지 않았다. 헬멧도 쓰지
않았다. 구라틴에게서 숨고 싶지 않았다. 얼마 뒤 나
는 구라틴이 내 허락을 기다리고 있음을 깨달았다.

이상하고 새로운 기분이었다. 구라틴을 무시하고 싶었지만 이번에는 무슨 시험일지 궁금했다. 다른 인간들이 듣지 못하기를 바리는 것일까?

내가 말했다.

"하시죠."

"채굴팀 사람들이 죽은 일로 처벌을 받았나?"

아주 놀랄 일은 아니었다. 다들 내게 물어보고 싶었을 것이다. 하지만 진짜로 묻고 싶을 만큼 그 일이 거슬리는 인간은 구라틴밖에 없었을 테지. 아니면 그만큼 용감한 것이거나. 지배모듈이 있는 살인봇을 건드리는 것과 폭주한 살인봇을 건드리는 건 전혀 다른 문제다.

내가 말했다.

"아닙니다. 당신이 생각하는 식으로는 아닙니다. 인간이 처벌받는 방식과 다릅니다. 잠시 저를 꺼두었다가 가끔씩 다시 온라인으로 불러냈죠."

구라틴이 머뭇거렸다.

"너는 의식하지 못했어?"

그래, 그러면 편했을 것이다. 안 그런가?

"유기체 부분은 대개 잠들어 있습니다. 하지만 항상 그런 건 아닙니다. 뭔가 벌어지고 있다는 건 압니다. 인간들은 제 메모리를 지우려고 했습니다. 파괴하기에 우리는 너무 비싸거든요."

구라틴은 다시 창밖을 바라보았다. 우리는 나무 위를 낮게 날고 있었다. 나는 지형 센서에 상당히 주의를 기울이고 있었다. 피드에서 멘사의 의식이 살짝 느껴졌다. 구라틴이 말을 하기 시작했을 때 깨어난 게 분명했다. 마침내 구라틴이 말했다.

"네가 억지로 해야 했던 일 때문에 인간을 비난하고 싶지는 않나? 네게 일어났던 일 때문에?"

이래서 내가 인간이 아닌 게 다행이었다. 인간은 이런 문제를 들먹인다.

"아닙니다. 그건 인간이 할 만한 일입니다. 구성체는 그렇게 멍청하지 않습니다."

내가 어떻게 해야 했을까? 회사에서 구성체를 관리하는 인간들이 냉정하다는 이유로 인간을 전부 죽여? 그래, 난 실제 인간보다 엔터테인먼트 피드에 나오는 가상의 인간이 더 좋았다. 하지만 둘 중 하나만 가질 수는 없었다.

다른 인간들이 부스럭거리며 깨어나 앉았다. 구라
틴은 내게 더는 묻지 않았다.

* * *

우리가 범위 안에 들어섰을 때는 구름 한 점 없는
밤이었다. 하늘에는 리본처럼 보이는 고리가 빛나고
있었다. 나는 이미 속도를 떨어뜨려 놓았다. 거주지
가 있는 평지 가장자리의 언덕은 나무들이 드문드문
장식하고 있었고, 우리는 그 위를 천천히 날았다. 나
는 드론이 보내는 핑 신호를 기다리고 있었다. 내 계
획이 성공했고 사악한 탐사대가 드론을 찾지 못했다
면 신호가 와야 했다.

피드에서 조심스러운 첫 접촉이 느껴지자 나는 호
퍼를 멈추고 나무 아래로 내려앉았다. 경사진 땅에
착륙했지만 호퍼의 발판이 늘어나며 자세를 보정했
다. 인간들은 초조하고 불안하게 기다렸다. 아무도
입을 열지 않았다. 이곳에서는 옆에 있는 언덕과 수

많은 나무 둥치 말고는 아무것도 보이지 않았다.

드론 세 기는 모두 작동 중이었다. 나는 가능한 한 송신을 짧게 하려고 애쓰면서 핑 신호에 응답했다. 긴장된 순간이 지나자 다운로드가 시작됐다. 시간 기록을 보니 드론은 누구의 방해도 받지 않고 내가 배치한 순간부터 지금까지 모든 것을 기록했음을 알 수 있었다. 우리가 가장 관심 있게 볼 부분은 시작 부분이겠지만 그것만 해도 데이터의 양이 워낙 많았다. 내가 직접 데이터를 분석할 수 있을 만큼 오래 머물고 싶지는 않았기 때문에 절반을 구라틴의 피드로 보냈다. 이번에도 구라틴은 아무 말도 하지 않았다. 그저 몸을 돌려 의자에 기댄 뒤 눈을 감고 데이터를 검토하기 시작했다.

나는 바깥쪽 나무에 놓아둔 드론을 먼저 확인했다. 사악한 탐사대의 비행선이 나올 때까지 영상을 고속으로 돌렸다.

대형 호퍼였다. 우리 것보다 신형 모델이었다. 여기서 특별히 멈춰볼 만한 이유는 없었다. 호퍼는 거주지를 몇 바퀴 선회했다. 아마도 스캔하고 있었을 것이다. 그리고 빈 착륙장에 내려앉았다.

그들은 우리가 떠난 걸 알고 있는 게 분명했다. 비행선도 없었고, 통신에도 응답이 없었을 테니까. 따라서 도구를 빌리러 왔다거나 지역 데이터를 교환하러 온 것처럼 가장할 필요도 없었다. 화물용 포드에서 보안유닛 다섯 기가 일렬로 걸어 나왔다. 다들 위험한 동물로부터 탐사대를 보호하기 위한 커다란 발사체 무기로 무장하고 있었다. 장갑의 가슴판에 있는 무늬로 보건대, 둘은 살아남은 델타폴 유닛이었다. 우리가 델타폴 거주지를 탈출한 뒤에 그들이 칸막이 방에 넣었던 게 분명했다.

셋은 사악한 탐사대였다. 회색 사각형 로고가 있었다. 나는 로고에 초점을 맞추어 인간들에게 영상을 보냈다.

"그레이크리스."

핀-리가 큰 소리로 읽었다.

"들어본 적 있어?"

라티가 말했다. 다른 인간들은 아니라고 대답했다.

보안유닛 다섯 기 모두에 전투 우선 모듈이 설치되

어 있을 터였다. 이들이 거주지를 향해 움직이기 시작했다. 그리고 색으로 구분된 야전복을 입은 정체불명의 인간 다섯 명이 호퍼에서 내려와 뒤를 따랐다. 인간들도 전부 동물과 관련된 비상 상황에서만 쓰도록 회사가 제공하는 소형 무기로 무장하고 있었다.

나는 화질이 허락하는 한 최대한 당겨서 인간들에게 초점을 맞췄다. 그들은 스캔과 함정을 찾는데 오랜 시간을 보냈다. 그 모습을 보니 내가 그런 걸 설치하느라 시간을 낭비하지 않았다는 생각에 더욱 기뻤다. 그런데 내 눈에 보이는 저들이 왠지 전문가가 아니라는 생각이 들었다. 이들은 나와 마찬가지로 군인이 아니었다. 이자들의 보안유닛도 전투유닛이 아니라 회사에서 빌린 평범한 보안유닛일 뿐이었다. 그건 다행이었다. 어떻게 해야 할지 모르는 게 적어도 나혼자는 아니었다.

드디어 놈들이 거주지 안으로 들어가는 게 보였다. 보안유닛 두 기는 남아서 호퍼를 지켰다. 나는 이 부분에 표식을 달아서 멘사와 다른 인간들에게 전달했다. 그리고 이어서 다음 장면으로 넘어갔다.

구라틴이 갑자기 몸을 곧추세우더니 내가 모르는 언어로 욕설을 내뱉었다. 나는 나중에 대형 호퍼의 언어 센터에서 찾아보려고 기억해두었다. 하지만 구라틴이 "문제가 생겼어"라고 말한 뒤로 잊어버렸다.

내가 맡은 드론의 다운로드 자료를 일시 정지하고 구라틴이 방금 표식을 단 부분을 보았다. 허브 안에 숨겨둔 드론에서 나온 영상이었다.

영상은 구부러진 지지대의 흐릿한 모습뿐이었지만 인간의 목소리가 흘러나오고 있었다.

"너희는 우리가 오는 걸 알고 있었어. 우리가 여기에 있는 동안 우리를 볼 수 있는 방법을 마련해두었겠지."

목소리는 특별한 억양이 없는 표준 어휘를 쓰고 있었다.

"우리는 너희 신호기를 파괴했어. 이 좌표로 오도록 해."

그 여자는 위도와 경도를 읊었고 편리하게도 소형 호퍼가 지도에 나타내주었다. 시간도 함께.

"우리는 협상을 할 수 있을 거야. 반드시 폭력으로

끝날 필요는 없어. 우리는 기꺼이 돈을 지불하겠어. 혹은 너희들이 원하는 것으로."

그게 끝이었다. 발소리가 멀어지더니 문이 닫혔다.

구라틴과 핀-리, 라티가 동시에 입을 열었다. 멘사가 말했다.

"조용히."

다들 입을 다물었다.

"보안유닛, 네 의견을 말해봐."

다행히 한 가지 의견이 있었다. 드론의 자료를 다운로드받기 전까지 내 의견은 거의 '이런, 쌍'이었다.

"저들은 잃을 게 없습니다. 만약 우리가 간다면, 그들은 우리를 죽이고 걱정거리를 덜 수 있습니다. 만약 가지 않는다면, 프로젝트가 끝날 때까지 우리를 찾아다니면 됩니다."

이제 착륙 영상을 보고 있던 구리틴이 말했다.

"회사가 아니라는 또 다른 증거야. 분명 프로젝트가 끝날 때까지 우리를 쫓아다니고 싶지는 않을 거야."

내가 말했다.

"회사가 아니라고 말했지 않습니까."

구라틴이 반응하기 전에 멘사가 끼어들었다.

"저 사람들은 자기들이 왜 왔는지, 왜 그러는지 우리가 안다고 생각해."

"그렇지 않은데 말이지."

라티가 불만스럽게 말했다.

멘사는 눈썹을 찡그리며 다른 인간들을 위해 문제를 분석했다.

"그런데 왜 그렇게 생각할까? 우리가 지도에서 빠진 지역에 갔던 걸 알고 있기 때문인 게 분명해. 우리가 모은 데이터에 해답이 있는 게 틀림없다는 뜻이지."

핀-리가 고개를 끄덕였다.

"다른 사람들도 지금쯤 알게 됐을지도 모르겠네."

"이건 우리한테 유리한 점이야."

멘사가 생각에 잠긴 채 말했다.

"그런데 이걸로 뭘 할 수 있을까?"

그때 내게 기막힌 생각이 떠올랐다.

7

다음 날 약속한 시간에 멘사와 나는 그들이 말한 좌표로 날아가고 있었다.

구라틴과 핀-리가 내 드론 하나를 가져가 제한적인 스캔 기능을 달아서 다시 만들어주었다. (제한적인 건 장거리 광범위 스캐너에 필요한 부품을 달기에 드론이 너무 작았기 때문이다.) 지난밤에 나는 현장의 모습을 보기 위해 이 드론을 대기 상층부로 올려보냈다.

접선 장소는 그자들의 탐사기지 근처에 있었다. 고 작 2킬로미터 밖에 떨어져 있지 않았고, 거주지는 델 타폴과 비슷했다. 거주지의 규모와 멘사가 채굴용 드릴로 날려버린 것을 포함한 보안유닛의 수로 볼 때 30~40명의 대원이 있을 것 같았다. 그들은 아주 자신감이 넘칠 게 분명했다. 우리 허브에 접속했을 테니 그들의 상대가 과학자와 연구자로 이루어진 작은 집단과 상태가 엉망인 고물 보안유닛 한 기라는 사실을 알고 있을 터였다.

다만 내 상태가 실제로 얼마나 엉망인지는 알지 못하기를 바랄 뿐.

호퍼가 스캐너의 접촉을 처음 포착하자마자 멘사가 통신을 개시했다.

"그레이크리스, 우리는 당신들이 이 행성에서 한 행동의 증거를 확보했다는 사실을 알고 있기 바란다. 우리는 그 증거를 여러 장소에 숨겨두었으며 귀환선이 도착하는 대로 그쪽으로 전송될 것이다."

멘사는 3초 정도 쉬며 상대가 이해하기를 기다렸다가 덧붙였다.

"우리가 지도에서 빠진 구역을 발견했다는 건 알고 있겠지."

한동안 말이 없었다. 그런 무기가 있을 확률은 낮

았지만 나는 속도를 늦추며 무기가 날아오고 있는지 스캔해보았다.

통신 채널이 열리며 목소리가 들렸다.

"현 상황에 관해 논의할 수 있다. 협상을 할 수 있어."

스캐닝과 반(反)스캐닝이 너무 많이 이루어지고 있어서 목소리가 잡음처럼 들렸다. 소름 끼쳤다.

"착륙하고 논의해보도록 하지."

멘사는 생각을 좀 해본다는 듯이 조금 기다렸다가 대답했다.

"대화를 나누기 위해 보안유닛을 대신 보내겠다."

그리고 통신을 끊었다.

더 가까이 접근하자 약속 장소가 시야에 들어왔다. 나무에 둘러싸인 나지막한 언덕이었다. 그자들의 거주지가 서쪽에 보였다. 캠프 위치에도 나무가 솟아 있어서 돔과 착륙장은 위로 솟아 있는 넓은 단 위에 있었다. 사방이 뚫린 지형이 아닌 곳에 기지를 건설할 때는 회사에서 이런 보안 시설을 요구했다. 그러고 싶지 않다면 보증 비용이 훨씬 더 비싸진다. 내 멋진 아이디어가 통할 거라고 생각했던 이유 중 하나가 바로 이거였다.

언덕 위의 평평한 공터에 일곱 명이 서 있었다. 보안유닛 네 기와 각각 파란색, 녹색, 노란색의 환경복을 입은 인간 세 명이었다. 인간 열 명당 보안유닛 한 기를 대여해야 한다는 규칙에 따랐다면, 거주지에는 보안유닛 한 기와 스물일곱 명 남짓한 인간이 남아 있다는 뜻이었다. 나는 언덕 아래쪽에 있는 비교적 평평한 바위 위에 착륙했다. 수풀과 나무에 가려 안 보이는 장소였다.

나는 조종 장치를 대기 상태에 놓고 멘사를 바라보았다. 멘사는 뭔가 할 말이 있지만 참고 있는 것처럼 입을 굳게 다물고 있었다. 그러더니 단호하게 고개를 끄덕이며 말했다.

"행운을 빌어."

나도 멘사에게 뭔가 말해야 할 것 같은 기분이 들었지만, 뭐라고 해야 할지 몰라 잠시 어색하게 바라보기만 했다. 나는 헬멧을 봉인하고 가능한 한 빨리 호퍼를 나왔다.

나무 사이를 지나 움직이며, 혹시 다섯 번째 보안 유닛이 숨어서 나를 기다리고 있을까봐 주의를 기울였다. 하지만 수풀 속에서는 아무 소리도 들리지 않았다. 나는 나무 그늘 아래에서 나와 바위투성이 경사면을 올랐다. 그리고 통신기의 잡음을 들으며 그들이 있는 곳을 향해 걸어갔다. 그들은 내가 가까이 다가가게 내버려둘 생각인 듯했다. 다행이었다. 이런 예측이 틀리는 건 싫었다. 내가 바보같아 보일 테니까.

나는 몇 미터 떨어진 곳에서 멈춘 뒤 통신 채널을 열고 말했다.

"저는 보존지원단 탐사대에 배치된 보안유닛입니다. 협상에 관해 이야기하고 싶습니다."

나는 펄스를 느꼈다. 내 지배모듈을 장악해서 중단시키고 나까지 작동을 멈추게 하려고 만든 신호 뭉치였다. 나를 움직이지 못하게 만든 뒤 데이터포트에 전투 우선 모듈을 다시 삽입하려는 생각이 분명했다. 그래서 이 만남을 자신들의 허브와 가까운 곳에서 해야 했던 것이다. 이런 짓을 하려면 그곳에 있는 장비가 필요했을 테니까. 그건 피드를 통해서 보낼 수 있는 게 아니었다.

따라서 내 지배모듈이 작동하지 않는 건 다행이었다. 나는 약간의 간지러움만 느꼈다.

한 명이 나를 향해 걸어오기 시작했다. 내가 말했다.

"나한테 또 전투 우선 모듈을 집어넣고 돌려보내서 인간들을 죽이게 할 작정인가 본데."

나는 무기 덮개를 열고 내 팔 속의 무기를 꺼냈다가 다시 접어 넣었다.

"그런 행동을 추천하고 싶지 않군."

상대의 보안유닛이 경계 상태로 들어갔다. 나를 향해 다가오던 인간이 멈칫하더니 다시 돌아갔다. 다른 인간들의 몸짓을 보니 놀라서 당황하고 있었다. 희미한 통신 잡음이 들리는 것으로 보아 자신들의 시스템으로 이야기하고 있는 듯했다. 내가 말했다.

"누구 할 말 있는 사람?"

그러자 다시 주목을 받을 수 있었다. 답변은 없었다. 놀랄 일도 아니었다. 실제로 보안유닛과 대화를 나누고 싶어 하는 사람은 내 이상한 인간들 말고 본 적이 없었다. 다시 내가 말했다.

"나한테 우리 둘의 문제를 해결할 수 있는 대안이 있어."

파란색 환경복을 입은 자가 말했다.

"해결책이 있다고?"

우리 허브에서 제안했던 인간의 목소리였다. 상상할 수 있겠지만, 아주 회의적인 목소리이기도 했다. 인간들 입장에서 내게 이야기하는 건 호퍼나 채굴 장비에게 이야기하는 것과 마찬가지였다.

내가 말했다.

"보존지원단의 허브시스템을 해킹한 건 당신네가 처음이 아니야."

그 여자가 나와 이야기하려고 통신 채널을 열었다. 그들 중 한 명이 속삭이는 소리가 들렸다.

"속임수야. 탐사대 중 한 명이 대사를 알려주고 있을 거야."

내가 말했다.

"스캔해보면 내가 통신을 차단했다는 걸 알 텐데."

이 시점에서 내가 말을 해야 했다. 선택의 여지가 없다는 사실도 알고 있었고, 내가 직접 세운 멍청한 계획의 일부이기도 했지만 여전히 힘들었다.

"내 지배모듈은 작동하지 않아."

이 말이 끝나고 다시 거짓말 부문으로 돌아오자 기뻤다.

"저 사람들은 그걸 모르고 있어. 난 당신과 나 모두에게 이익이 되는 타협안에 따를 용의가 있고."

파란색 리더가 말했다.

"우리가 여기 왜 왔는지 안다는 건 사실이야?"

이 부분을 위해 우리가 충분한 시간을 들여 고민하기는 했지만, 여전히 짜증이 났다.

"당신은 전투 우선 모듈을 이용해서 델타폴 보안유닛이 폭주한 것처럼 행동하게 만들었지. 폭주한 보안유닛이 아직도 당신 질문에 대답해야 한다고 진심으로 믿는다면, 앞으로 몇 분은 당신에게 교육적인 시간이 될 거야."

파란색이 통신 채널에서 나를 차단했다. 그자들이 이야기하는 동안 긴 침묵이 이어졌다. 그리고 다시 그 여자가 돌아와서 말했다.

"어떤 타협?"

"난 당신이 절실하게 원하는 정보를 줄 수 있어. 그에 대한 대가로 당신은 나를 귀환선에 태우는 거야. 파괴된 물품으로 등록해서."

그건 회사의 누구도 내가 돌아올 것을 기대하지 않는다는 뜻으로, 나는 수송선이 정거장에 정박할 때의 혼란을 이용해 빠져나갈 수 있었다. 이론적으로는.

그들은 다시 머뭇거렸다. 아마 생각해야 하는 척해야 했기 때문이리라. 그러더니 파란색 리더가 말했다.

"동의한다. 거짓말이라면 널 파괴할 거야."

그건 그냥 하는 소리였다. 행성을 떠나기 전에 내게 전투 우선 모듈을 집어넣겠지. 파란색이 계속 말했다.

"그 정보가 뭐지?"

"먼저 나를 물품 목록에서 삭제해. 우리 허브에 아직 접속할 수 있는 거 알아."

파란색이 노란색을 향해 조급하게 손짓했다. 노란색이 말했다.

"저 사람들 허브시스템을 재시동해야 해. 시간이 좀 걸릴 거야."

내가 말했다.

"재시동하고 명령을 대기열에 올려. 그리고 피드로 내게 보여줘. 그러면 정보를 주겠어."

파란색이 통신 채널에서 나를 차단하고 노란색과 이야기를 나누었다. 3분 정도 기다렸더니 다시 채널이 열렸고 나는 그들의 피드에 제한적으로 접속할 수 있었다. 명령이 대기열에 올라가 있었다. 물론 나중에 얼마든지 지울 수 있었다. 중요한 건 우리 허브시스템이 다시 작동하고 있으며 내가 믿는 척을 그럴듯하게 하고 있다는 점이었다. 나는 계속해서 시간을 확인하고 있었고 이제 목표로 한 시간대에 들어왔다. 더 이상 시간을 끌 이유가 없었다.

내가 말했다.

"당신들이 내 고객의 신호기를 파괴했지. 그래서 내 고객 몇몇이 당신네 신호기를 수동으로 발사하러 갔어."

그들의 피드에 접근하는 건 제한적이었지만, 내 말이 그들을 놀라게 했다는 건 알 수 있었다. 혼란과 두려움을 나타내는 몸짓이 여기저기서 오갔다. 노란색이 불안하게 움직였고, 녹색은 리더인 파란색을 바라보았다. 단조로운 억양으로 파란색이 말했다.

"그건 불가능해."

내가 말했다.

"그쪽 인간 중 한 명은 증강인간이야. 시스템 엔지니어지. 그 사람이 발사할 수 있어. 우리 허브시스템에서 받은 데이터를 확인해봐. 탐사대원 구라틴 박사."

파란색이 어깨부터 발끝까지 긴장하는 게 보였다. 목격자 문제를 해결하기 전까지는 이 행성에 아무도 오지 않기를 정말로 원하는 모양이었다.

녹색이 말했다.

"거짓말이야."

노란색이 당황한 기색을 감추지 못한 목소리로 말했다.

"위험을 감수할 수는 없어."

파란색이 노란색을 향해 말했다.

"그러면 가능은 하다는 소리군?"

노란색이 머뭇거렸다.

"나도 몰라. 회사 시스템은 전부 사유물이야. 하지만 해킹할 수 있는 증강인간이 있다면—"

"바로 그쪽으로 가야 해."

파란색이 말했다. 그리고 나를 향해 몸을 돌렸다.

"보안유닛, 네 고객에게 호퍼에서 나와 이쪽으로 오라고 해. 우리가 합의했다고 말해."

음, 이런. 이건 계획에 없던 일이었다. 그들은 우리를 두고 떠났어야 했다.

(지난밤 구라틴은 이 부분이 약점이라고 말했다. 여기서 계획이 어긋날 거라고 했다. 구라틴이 옳았다는 게 짜증이 났다.)

그레이크리스 모르게 호퍼와 통신 채널을 열거나 호퍼의 피드에 접속할 수는 없었다. 그리고 우리 계획 대로라면 아직 그들과 보안유닛은 거주지에서 멀리 떨어져 있어야 했다.

내가 말했다.

"그 여자는 당신이 자기를 죽일 거라는 걸 알아. 오지 않을걸."

그때 기발한 아이디어가 떠올라서 덧붙였다.

"그 여자는 비기업형 정치적 독립체의 행성 정부야. 바보가 아니라고."

"뭐라고?" 녹색이 물었다. "무슨 정치적 독립체?"

내가 말했다.

"왜 그 탐사대가 '보존'이라고 불린다고 생각해?"

이번에는 굳이 채널을 차단하지도 않았다. 노란색이 말했다.

"그 사람을 죽이면 안 돼. 조사가—"

녹색이 덧붙였다.

"맞아. 붙잡아두었다가 정착 합의가 된 다음에 풀어줄 수 있을 거야."

파란색이 단호하게 말했다.

"그건 안 돼. 만약 그 여자가 없어지면 훨씬 더 철저하게 조사할 거야. 신호기 발사를 막아야 해. 그리고 나서 어떻게 할지 이야기하자."

파란색이 내게 말했다.

"가서 그 여자를 데리고 와. 호퍼에서 데리고 나와서 여기로 오라고."

그리고 통신을 끊었다. 곧 델타폴 보안유닛 한 기

가 앞으로 걸어 나왔다. 파란색이 다시 통신으로 말했다.

"이 유닛이 도와줄 거야."

나는 보안유닛이 내 옆으로 올 때까지 기다렸다가 몸을 돌려 나란히 바위투성이 경사로를 내려가 숲을 향했다.

내가 이다음에 한 행동은 파란색이 델타폴 유닛에게 나를 죽이라고 명령했다는 가정에 바탕을 두고 있다. 만약 내가 틀렸다면 우리는 망하는 것이었다. 그러면 멘사와 나는 둘 다 죽고, 탐사대의 나머지 인원을 구하는 계획은 실패할 터였다. 보존지원단은 출발점으로 돌아가는 셈이었다. 리더와 보안유닛, 소형 호퍼가 없는 상태로.

바위투성이 경사면을 지나 수풀과 나뭇가지가 언덕 가장자리에서 우리를 보지 못하게 가려주자마자 나는 팔을 돌려 옆에 있는 유닛의 목을 감았다. 그리고 내 팔에서 무기를 전개해 통신 채널이 있는 헬멧 옆쪽을 쏘았다. 상대는 한쪽 무릎을 꿇고는 발사체 무기를 내 쪽으로 돌렸다. 에너지 무기가 장갑 밖으로 펼쳐져 나오고 있었다.

전투 우선 모듈 때문에 피드가 차단된 상태였고 통신기도 고장 났으니 녀석은 도움을 요청할 수 없었다. 게다가 자발적인 행동에 얼마나 제한을 걸어놓았는지는 모르지만, 그레이크리스의 인간들이 명령하지 않는 한 도와달라고 소리치지 못할 수도 있었다. 아마도 그런 듯했다. 녀석은 그저 나를 죽이려 들 뿐이었다. 우리는 바위와 수풀 위를 구르다가 마침내 내가 녀석의 무기를 날려버렸다. 그 뒤로 마무리는 쉬웠다. 육체적으로는, 쉬웠다.

내가 보안유닛끼리는 별다른 감정이 없다고 말했다는 거 안다. 하지만 나는 그 유닛이 델타폴 유닛이 아니기를 바랐다. 아마도 그 유닛은 자기 머릿속 어딘가에 갇혀 있었을 것이다. 어쩌면 의식이 있었을 수도 있고, 없었을 수도 있다. 크게 상관있는 건 아니었지만. 우리 모두 선택의 여지가 없었다.

내가 일어서자 멘사가 수풀 사이로 나타났다. 채굴 장비를 들고 있었다. 내가 멘사에게 말했다.

"일이 잘못됐습니다. 박사님이 제 포로인 척해야

합니다."

멘사가 나를 한번 바라보고는 델타폴 유닛을 쳐다
보았다.

"그걸 어떻게 설명할 건데?"

나는 장갑을 벗기 시작했다. 보존지원단 로고가 찍
힌 부분을 남김없이 벗었다. 그러면서 델타폴 유닛을
향해 몸을 숙였다.

"제가 이것이 되고, 이것이 제가 될 겁니다."

멘사는 채굴 장비를 내려놓고 허리를 숙여 나를 도
왔다. 장갑 전체를 바꿔 입을 시간은 없었다. 재빠른
손놀림으로 우리는 양쪽 팔과 어깨 부위, 장갑의 물
품 코드가 있는 다리 부위, 로고가 찍혀 있는 가슴과
등 부위를 교체했다. 멘사는 우리가 빠뜨린 부분이
있어도 그레이크리스가 눈치채지 못하도록 내 남은
장갑 부위에 흙을 묻히고 죽은 유닛의 피와 체액을
발랐다. 보안유닛은 키와 형태, 움직이는 방식이 모
두 동일하니 이 방법이 먹힐지도 몰랐다. 모르겠다.
만약 지금 우리가 도망친다면 계획은 실패였다. 우리
는 놈들이 이 언덕에서 떠나도록 해야 했다. 나는 헬

멧을 다시 봉인하며 멘사에게 말했다.

"가야 합니다―"

멘사가 고개를 끄덕였다. 힘들어서가 아니라 긴장 때문에 숨을 몰아쉬었다.

"준비됐어."

나는 멘사의 팔을 붙잡고 그레이크리스로 끌고 가는 척했다. 가는 동안 내내 멘사는 고함을 지르고 몸부림치며 그럴듯하게 연기했다.

언덕에 다다르자 그레이크리스의 호퍼가 벌써 착륙하고 있었다.

내가 리더인 파란색 쪽으로 끌고 가자 멘사가 먼저 말을 내뱉었다.

"이게 당신이 제안한 합의야?"

파란색이 말했다.

"당신이 보존 연합의 행성 정부인가?"

멘사는 나를 보지 않았다. 만약 그들이 멘사를 해치려 든다면 내가 막아설 테고 모든 게 끔찍하게 잘못될 터였다. 하지만 녹색은 이미 호퍼에 타고 있었고, 다른 두 인간은 조종석과 부조종석에 앉아 있었다. 멘사가 대답했다.

"그래."

노란색이 나를 향해 다가오더니 내 헬멧 옆을 건드렸다. 나는 그 인간의 팔을 뜯어내지 않으려고 엄청나게 노력했다. 정말로 기록에 남기고 싶을 정도로.

노란색이 말했다.

"통신기가 망가졌어."

파란색이 멘사를 보고 말했다.

"너희 중 한 명이 우리 신호기를 수동으로 발사하려고 하는 거 알고 있어. 우리와 함께 간다면 그 사람을 해치지 않을 거야. 그리고 우리 상황을 논의해보자고. 어느 쪽에든 나쁘게 끝나야 할 이유가 없어."

그 여자는 아주 설득력이 있었다. 아마도 거주지에 들여보내달라고 통신으로 델타폴과 이야기한 장본인이었을 것이다.

멘사는 주저했다. 나는 멘사가 너무 빨리 포기하는 것처럼 보이지 않으려 한다는 사실을 알고 있었다. 하지만 당장 이들을 여기서 떠나도록 해야 했다.

멘사가 말했다.

"좋아."

* * *

나는 한동안 화물칸에 타지 않았다. 내 화물칸이기만 했어도 편안하고 아늑했을 것이다.

그러나 이 호퍼 역시 회사 제품이었고, 나는 피드에 접속할 수 있었다. 나를 알아채지 못하도록 아주 조용히 있어야 했다. 몰래 드라마를 보던 그 많은 시간이 도움이 됐다.

그들의 보안시스템은 여전히 기록 중이었다. 귀환선이 나타나기 전에 지우려는 생각인 게 분명했다. 전에도 그런 일을 시도한 고객들이 있었다. 회사로부터 자료를 숨겨서 다른 곳에 팔지 못하게 하려는 목적이었다. 물론 회사의 시스템 분석가들은 그런 점에 주의를 기울이고 있을 터였다. 하지만 이 인간들이 그걸 알고 있는지는 나도 몰랐다. 우리가 살아남지 못한다고 해도 회사가 이들을 잡을 수도 있었다. 그렇다고 해서 위안이 되는 건 아니지만.

계속 기록 중인 데이터에 접근하자 멘사의 목소리가 들렸다.

"지도에서 빠진 영역의 유물에 대해 알고 있어. 우리 지도 기능을 혼란에 빠뜨릴 정도로 강했지. 당신들도 그렇게 해서 알아낸 거겠지?"

지난밤에 바라다지가 알아낸 내용이었다. 빠진 영역은 의도적인 해킹으로 생긴 게 아니었다. 바위와 흙 아래에 묻혀 있는 유물 때문에 생긴 오류였다. 과거 언젠가 이 행성에는 누군가 살았었다. 그건 곧 이곳에서는 오로지 고고학 탐사만 가능하고 나머지는 금지된다는 뜻이었다. 아무리 회사라고 해도 따라야만 했다.

그 유물을 발굴해서 캐내면 불법으로 큰돈을 벌 수 있었다. 그레이크리스가 원하는 게 바로 그것임이 분명했다.

"지금은 그런 대화를 할 때가 아니야."

파란색이 말했다.

"난 우리가 어떤 합의를 할 수 있을지 알고 싶어."

"우리를 델타폴처럼 죽이지 않기 위해서 말이로

군."

멘사는 차분한 목소리를 유지한 채로 말했다.

"일단 우리가 다시 고향에 연락할 수 있으면, 자금을 이체할 수 있어. 하지만 당신이 우리를 살려둘 거라고 어떻게 믿지?"

잠시 조용했다. 아, 멋지군. 저들도 뭐라고 말해야 할지 모르고 있어. 이내 파란색이 말했다.

"우리를 믿는 것 말고는 선택의 여지가 없어."

우리는 벌써 속도를 늦추며 착륙을 준비하고 있었다. 피드에는 아무 경보도 없었고, 나는 조심스럽게 낙관적인 생각을 품었다. 우리는 핀-리와 구라틴을 위해 할 수 있는 한 오래 현장을 비워주었다. 그사이에 두 인간은 남아 있는 보안유닛 몰래 경계를 해킹하고 그레이크리스의 허브시스템에 접속하기 위해 가까이 다가가야 했다. (제발 그게 마지막 보안유닛이었기를. 제발 그레이크리스의 거주지에 보안유닛이 괜히 열댓 기나 있는 일이 없기를.) 구라틴은 우리 허브시스템으로 그들의 허브시스템에 접속할 수 있도록 해킹하는 방법을 알아냈다. 하지만 실제로 신호기를 발사하려면 그들의 거주지에 가까이 가야 했다. 그래서 우리가 다른 보안유닛들이 그곳을 떠나도록 만들었던 것이다. 아무튼 그런 식의 아이디어였다. 어쩌면 멘사를 위험에 빠뜨리지 않고도 성공할 수 있었겠지만, 이제 와서 그런 생각을 하기에는 약간 늦었다.

인간이라면 이빨이 부딪쳤을 정도로 거칠게 착륙장에 내려앉자 차라리 마음이 편해졌다. 나는 다른 유닛과 함께 화물칸에서 나왔다.

우리는 그들의 거주지에서 몇 킬로미터 떨어진 곳에 있었다. 울창한 숲 위로 튀어나온 바위 위였다. 호퍼의 거친 착륙에 놀란 날짐승과 동물들이 나무 사이에서 소리를 질렀다. 곧 비가 올 것처럼 구름이 끼어 고리의 모습을 가렸다. 신호기는 약 10미터쯤 떨어진 발사대에 있었다. 이런, 너무 가까웠다.

나는 다른 세 보안유닛과 합세해 표준 보안 대형을 이루었다. 비행선에서 드론이 몰려나와 경계를 형성했다. 나는 경사로를 내려오는 인간들을 쳐다보지 않았다. 멘사를 보고 지시를 받고 싶은 생각이 굴뚝같았다. 여길 혼자 왔다면 언덕 아래를 향해 전속력으로 달렸겠지. 하지만 멘사를 구출해야 했다.

파란색이 녹색과 함께 앞으로 나섰다. 다른 인간들은 앞장서기 두렵다는 듯이 그 뒤에 느슨하게 원을 그리며 섰다. 보안유닛과 드론으로부터 보고를 받고 있던 게 분명한 인간이 말했다.

"사람의 흔적은 없습니다."

파란색은 대답하지 않았지만, 그레이크리스의 보안유닛 두 기가 신호기를 향해 달려갔다.

좋아. 문제는 내가 전에도 말했듯이 회사가 인색하다는 사실이다. 비상시에 한 번만 발사하고, 웜홀을 통해 신호를 보내고 나면 회수할 필요도 없는 신호기 같은 물건은 아주 싸구려다. 신호기에는 안전장치도 없고 발사체도 가장 싸구려를 사용한다. 거주지에서 몇 킬로미터 떨어뜨려놓고 멀리서 발사하는 데는 다 이유가 있다. 멘사와 나는 일이 진행되는 동안 그레이크리스와 보안유닛의 주의를 돌려서 거주지에서 멀리 떨어져 있도록 만들 생각이었지, 신호기 발사에 휘말려 통구이가 될 생각은 아니었다.

파란색이 멘사를 잡아오기로 결정하면서 생긴 지

연 때문에 시간이 별로 없었다. 보안유닛 두 기가 삼각대 주위를 돌며 누가 만진 흔적이 있는지 살피고 있었다. 더는 참을 수가 없었다. 나는 멘사를 향해 걷기 시작했다.

노란색이 나를 눈치챘다. 파란색이 몸을 돌려 내 쪽을 바라보았다. 노란색이 피드로 뭔가 이야기한 것 같았다.

남은 델타폴 보안유닛 둘이 나를 바라보며 공격을 시작했다. 날이 밝고 있었다. 나는 몸을 날려 구르면서 발사체 무기를 꺼냈다. 장갑 위로 공격이 쏟아졌지만, 나도 다른 보안유닛에 공격을 적중시켰다. 멘사가 몸을 웅크리며 호퍼 반대편으로 돌아갔고, 나는 언덕 전체가 떨리는 느낌을 받았다. 신호기의 일차 구동 때문이었다. 신호기는 보관함에서 나와 삼각대 아래로 들어가며 점화를 준비하고 있었다. 파란색이 깜짝 놀라면서 다른 두 보안유닛이 그 자리에 얼어붙은 듯이 멈췄다.

나는 몸을 날렸다. 탄환이 장갑의 약한 연결부를 뚫고 들어가 허벅지를 관통했다. 간신히 호퍼 반대편까지 갔더니 멘사가 있었다. 나는 멘사를 밀치며 바위 너머로 몸을 날렸다. 내 등으로 착지하도록 몸을 돌리고 충격으로부터 멘사의 머리를 보호하기 위해 한쪽 팔로 멘사의 보호복 헬멧을 감쌌다. 우리는 바위에 몇 번 부딪힌 뒤 나무 사이로 추락했다. 그리고 불길이 언덕 위를 휩쓸며 나의—

유닛 오프라인

음, 아팠다. 나는 계곡 안에 누워 있었다. 바위와 나무가 머리 위를 가려주고 있었다. 멘사가 내 옆에 앉아서 아무래도 움직이지 않는 것처럼 보이는 팔 한쪽을 끌어안고 있었다. 멘사의 보호복은 눈물과 얼룩천지였다.

멘사가 통신으로 누군가에게 속삭이고 있었다.

"조심해. 만약 스캐너에 잡히면—"

유닛 오프라인

"그래서 서둘러야 한다고."

구라틴이 어디선가 나타나 우리를 내려다보며 말했다. 나는 내가 또 정신을 잃었음을 깨달았다.

구라틴과 핀-리는 숲에 몸을 숨긴 채 그레이크리스의 거주지까지 걸어갔었다. 만약 일이 잘못되지 않았다면 우리가 그들을 소형 호퍼로 데리러 갔어야 했다. 일이 잘못되기는 했지만 일부만 그랬다. 그러니까 그 점에 관해서는, 만세.

핀-리가 나를 향해 몸을 기울였다. 내가 말했다.

"이 유닛은 최소한의 기능만 작동하고 있습니다. 폐기 처분을 권장합니다."

그건 돌이킬 수 없는 기능장애에 대한 자동 반응이었다. 게다가 나는 정말로 나를 움직이지 않기를 바랐다. 지금 이대로도 충분히 아팠기 때문이다.

"여러분의 계약에 의하면—"

"닥쳐."

멘사가 단호하게 말했다.

"넌 닥치고 있어. 우리는 널 두고 가지 않을 거야."

내 시각이 다시 끊겼다. 정신은 어느 정도 남아 있

었지만, 시스템 장애의 경계에서 왔다 갔다 하고 있
다는 건 알 수 있었다. 빛이 깜빡였다. 소형 호퍼 안
에서 내 인간들이 이야기하고 있었다. 아라다는 내
손을 잡고 있었다.

그러더니 대형 호퍼 안이었다. 상승하고 있는 중이
었다. 엔진 소음, 드문드문 보이는 피드를 통해 귀환
선이 호퍼를 싣고 있다는 걸 알 수 있었다.

마음이 놓였다. 그건 다들 안전하다는 뜻이었다.
나는 정신을 놓았다.

8

칸막이방 안에서 의식이 돌아왔다. 코를 찌르는 익
숙한 냄새와 기계 소리 속에서 몸이 돌아오고 있었
다. 나는 이곳이 거주지에 있는 칸막이방이 아니라는
사실을 깨달았다. 좀 더 오래된 모델로, 영구 시설이
었다.

나는 회사의 정거장에 돌아와 있었다.

그리고 인간들은 내 지배모듈에 관해 알고 있었다.

나는 시험 삼아 지배모듈을 건드려 보았다. 여전히
기능을 하지 않았다. 내 드라마 저장소도 아직 그대
로였다. 휴.

칸막이방이 열리자 라티가 서 있었다. 평범한 민간인용 정거장 복장이었지만 연회색 재킷에는 보존지원단 탐사대 로고가 찍혀 있었다. 라티는 즐거워 보였다. 내가 마지막으로 봤을 때보다 훨씬 깨끗했다.

라티가 말했다.

"좋은 소식이야! 멘사 박사가 영구적으로 너를 계약했어! 우리와 함께 집에 가는 거야!"

놀라운 일이었다.

* * *

나는 준비를 끝마치러 갔다. 아직도 어질어질했다. 마치 드라마에서나 일어날 법한 일 같았다. 그래서 계속 진단을 돌리고 가능한 한 다양한 피드를 확인하며 내가 아직 칸막이방 안에서 환각을 보고 있는 게 아닌지 확인했다. 지역 방송국 뉴스에서 델타폴과 그레이크리스 사건 조사에 관한 소식이 흘러나오고 있었다. 만약 내가 환각을 보고 있었던 거라면, 회사가 이 난장판에서 보존지원단을 구해낸 영웅으로 등장

하지 않았을 것이다.

나는 보호피부와 장갑을 기대했다. 하지만 우리가
치명적인 부상을 입었을 때 준비를 마치도록 돕는 정
거장 유닛은 내게 회색 보존지원단 탐사대 유니폼을
주었다. 정거장 유닛들이 주변에 서서 지켜보는 가운
데 나는 그 옷을 입었다. 기분이 묘했다. 우리는 친구
도 뭣도 아니었지만, 보통은 오프라인일 때 무슨 일
이 있었는지, 다음 계약은 어떤 것인지 같은 소식을
전해주곤 했다. 그것들도 나처럼 기분이 묘할지 궁금
했다. 이따금 다른 회사가 보안유닛을 칸막이방까지
완전히 갖춰서 대량으로 사들이는 경우는 있었다. 하
지만 탐사대가 돌아온 뒤에도 보안유닛을 계속 보유
하겠다고 한 적은 처음이었다.

방에서 나왔을 때 라티는 아직도 문 앞에 있었다.
라티가 내 팔을 잡고 인간 기술자 몇 명을 지나쳐 갔
다. 이중으로 된 보안문을 지나자 전시 공간이 나왔
다. 임대 계약이 이루어지는 곳이었다. 이곳은 카펫
과 소파도 있어서 유닛 배치 센터 내의 다른 공간보
다 근사했다. 핀-리가 멋진 비즈니스 복장으로 가운

데 서 있었다. 내가 좋아하는 드라마에 나오는 사람처럼 보였다. 부당한 기소로부터 우리를 구하기 위해 달려온, 거칠지만 마음씨 따뜻한 변호사. 회사 복장의 두 인간이 핀-리와 논쟁이라도 하고 싶은 듯이 주위에 서 있었지만, 핀-리는 신경 쓰지 않고 무심하게 한 손으로 데이터 칩을 던졌다 받았다 하고 있었다.

한 명이 나와 라티를 보고 말했다.

"다시 말씀드리지만 이건 이례적인 일입니다. 고용주가 바뀌기 전에 유닛의 메모리를 삭제하는 건 그저 따라야 하는 방침이기 때문은 아닙니다. 어느 모로 보나—"

"다시 말씀드리지만 전 법원 명령서를 갖고 있어요."

핀-리가 내 반대쪽 팔을 잡으며 말했다. 그리고 둘은 나와 함께 걸어 나왔다.

* * *

전에는 이 정거장의 인간 구역을 본 적이 없었다.

우리는 중심부에 있는 커다란 고리 모양의 다층구조물 아래로 내려가며 온갖 종류의 사람과 봇으로 가득한 사무 지구와 쇼핑센터를 지났다. 플래시 데이터 화면이 사방에서 휙휙 지나갔고, 백 가지가 넘는 공공 피드가 내 의식을 스쳐 지나갔다. 엔터테인먼트 피드에 나오는 어떤 장소 같으면서 훨씬 더 크고 밝고 시끄러웠다. 냄새도 좋았다.

내가 놀랐던 건 아무도 우리를 쳐다보지 않는다는 점이었다. 고개를 돌려 쳐다보는 일조차 없었다. 유니폼 바지와 긴 팔 티셔츠, 재킷은 내 비유기체 부위를 전부 가려주었다. 내 목 뒤의 데이터 포트를 눈치챘다고 해도 내가 증강인간이라고 생각할 게 분명했다. 우리는 고리 모양의 구조물 아래로 내려가는 세 사람일 뿐이었다. 서로 모르는 사이인 사람들 속에 있으면 장갑을 입고 다른 보안유닛 무리 속에 있을 때만큼이나 눈에 띄지 않는다는 사실을 깨달았다.

호텔 구역으로 들어서자 나는 정거장에 관한 정보를 제공하는 공공 피드 하나를 슬쩍 불러냈다. 그리고 문을 열고 로비로 들어가면서 지도와 교대근무 일정을 저장했다.

화분에 심어놓은 나무가 천장에 매달린 유리 조각으로 만든 분수대를 향해 몸을 휘감으며 올라가고 있었다. 홀로그램이 아니라 실물이었다. 그 모습을 바라보느라 기자들이 우리 바로 앞까지 다가온 것도 모르고 있었다. 기자들은 증강인간이었고 드론 카메라 몇 대를 갖고 있었다. 그중 한 명이 핀-리를 막아서려 했다. 나는 본능적으로 그자를 어깨로 밀쳤다.

기자는 놀란 표정을 지었지만 내가 부드럽게 대한 덕에 넘어지지는 않았다.

핀-리가 말했다.

"지금은 질문은 받지 않고 있습니다."

핀-리는 라티를 호텔의 수송차로 밀어 넣고 내 팔을 잡아당기며 차에 올랐다.

쉭 하는 소리를 내며 출발한 수송차는 우리를 커다란 방의 입구에 내려놓았다. 나는 핀-리를 따라 들어갔다. 라티가 통신기로 누군가와 이야기하며 뒤를 따랐다. 방은 드라마에 나오는 것만큼이나 멋졌다. 카펫과 가구가 있었고, 커다란 창문 밖으로는 정원과

208

호텔 로비의 조각품이 내려다보였다. 다만 방은 더 작았다. 아마도 드라마에 나오는 방은 드론 카메라가 좀 더 나은 각도에서 찍을 수 있도록 크게 만든 것 같았다.

내 고객들, 아니 전 고객? 아니면 새 소유주라고 불러야 할지 모를 사람들이 거기 있었다. 평상복을 입으니 모두 달라 보였다.

멘사 박사가 가까이 다가오며 나를 올려다보았다.

"괜찮아?"

"괜찮습니다."

나는 현장카메라로 멘사가 다치는 광경을 똑똑히 보았었다. 하지만 멘사의 상처도 복구되어 있었다. 핀-리처럼 비즈니스 복장을 한 멘사는 달라 보였다.

"뭐가 어떻게 된 건지 모르겠습니다."

그건 스트레스를 받는 일이었다. 나는 유닛 준비 구역에서 접속할 수 있었던 것과 똑같은 엔터테인먼트 피드의 존재를 느꼈다. 거기에 빠져들지 않기란 힘든 일이었다.

멘사가 말했다.

"내가 너를 영구 계약했어. 너는 우리와 보존 연합으로 돌아갈 거야. 거기서 자유가 될 거야."

"제가 물품 목록에서 빠졌군요."

그들이 이런 말을 했었는데 정말 사실이었는지도 몰랐다. 나는 몸을 마구 비틀고 싶은 충동을 느꼈다. 왜 그런지 이유를 알 수 없었다.

"그래도 장갑을 가질 수 있나요?"

장갑은 사람들에게 내가 보안유닛임을 알리는 데 필요했다. 하지만 나는 이제 보안유닛이 아니었다. 그냥 유닛이었다.

모두들 아주 조용한 가운데 멘사가 말했다. 한결같이 차분하게.

"네가 필요하다고 생각하면 아마 우리가 방법을 찾을 수 있을 거야."

나 스스로 장갑이 필요하다고 생각하는지 아닌지도 판단이 서지 않았다.

"전 칸막이방이 없습니다."

멘사가 안심하라는 듯이 말했다.

"필요 없을 거야. 사람들이 너한테 총을 쏘지 않을

테니까. 네가 다치거나 부품이 손상되면 의료 센터에서 수리 받으면 돼."

"사람들이 제게 총을 쏘지 않으면 저는 뭘 해야 하죠?"

어쩌면 멘사의 경호원이 될 수도 있었다.

"하고 싶은 일을 하는 방법을 배울 수 있을 거야."

멘사가 웃었다.

"집에 가면 얘기해보자고."

그때 아라다가 들어오더니 다가와 내 어깨를 두드리며 말했다.

"네가 함께 있어서 기뻐."

아라다가 멘사에게도 말했다.

"델타폴 대리인이 왔어."

멘사가 고개를 끄덕였다.

"나는 가서 이야기를 해야 해."

멘사는 내게 말했다.

"여기서 편하게 있어. 필요한 게 있으면 알려주고."

나는 구석에 앉아서 여러 사람이 방을 들락거리며 무슨 일이 벌어졌는지 이야기하는 모습을 지켜보았다. 대부분 변호사였는데 다들 여러 군데에서 왔다. 회사와 델타폴, 적어도 세 군데의 기업형 정치적 독립체와 독립 단체 한 곳, 심지어는 그레이크리스의 모회사에서도 왔다. 그 인간들은 질문하고 논쟁하고 보안 기록을 살펴보고 멘사와 핀-리에게 보안 기록을 보여주었다. 그리고 나를 바라보았다. 구라틴도 나를 바라보았지만 말은 하지 않았다. 나는 구라틴이 멘사에게 나를 사지 말라고 했을지 궁금했다.

나는 마음을 가라앉히려고 잠시 엔터테인먼트 피드를 보았다. 그리고 정거장의 정보 센터에서 보존 연합에 관한 구할 수 있는 자료를 전부 찾았다. 그곳에서는 아무도 내게 총을 쏘지 않을 터였다. 왜냐하면 아무도 총을 쏘지 않았기 때문이다. 멘사는 경호원이 필요 없었다. 누구도 경호원이 필요 없었다. 인간이나 증강인간이라면 아주 살기 좋은 곳처럼 보였다.

내가 괜찮은지 라티가 보러 왔다. 나는 라티에게 보존 연합에 대해 이야기해달라고 했다. 멘사가 어떻게 그곳에서 살게 됐는지도. 라티는 멘사가 행정 업무를 하지 않을 때는 수도 밖에 있는 농장에서 혼인 파트너 두 명과 형제자매 그리고 이들의 혼인 파트너 세 명과 함께 산다고 했다. 여러 친척과 아이들도 함께 사는데 몇 명이나 되는지는 라티도 잊었다고 했다. 라티가 변호사의 질문에 대답하러 가자 나는 잠시 생각할 시간을 얻었다.

내가 농장에서 무엇을 할 수 있을지는 전혀 알 수 없었다. 집 청소? 그건 보안 일보다 훨씬 더 지루하게 들렸다. 어쩌면 할 수 있을지도 몰랐다. 내가 원해야 하는 게 이런 것이었다. 바로 그런 일이 모든 정황으로 미루어 볼 때 내가 원해야 하는 일이었다.

원해야 마땅한 일.

나는 증강인간인 척하며 살아야 할 터였다. 그건 너무 피곤한 일이었다. 나는 변해야 했다. 원하지 않았던 일을 해야만 했다. 마치 동류가 된 듯이 인간들과 이야기를 나누는 일처럼. 장갑도 버려야 했다.

하지만 장갑이 필요하지 않을지도 몰랐다.

* * *

마침내 일이 마무리되고 인간들은 저녁을 주문했다. 멘사가 다가와 내게 보존 연합에 관해 몇 가지 더 이야기했다. 내가 무슨 선택을 할 수 있는지, 내가 원하는 일을 찾아낼 때까지 함께 지내는 건 어떨지.

라티에게 들어서 알고 있던 내용이 대부분이었다.

"박사님이 제 보호자가 되겠군요."

내가 말했다.

"그래."

멘사는 내가 이해하자 기뻐했다.

"교육받을 기회도 아주 많아. 원하는 건 다 할 수 있을 거야."

보호자가 소유주보다는 듣기 좋은 말이었다.

나는 근무 시간이 지나고도 한참 기다렸다. 다들 잠들거나 피드에 깊이 빠져서 평가 자료 분석에 매달리고 있었다. 나는 의자에서 일어나서 복도를 지나 문밖으로 슬쩍 빠져 나왔다.

수송차를 타고 다시 로비로 돌아갔다. 그리고 호텔을 나왔다. 지도를 미리 다운로드해놓은 덕분에 고리 구조물에서 벗어나 아래쪽 항구의 작업 구역까지 가는 방법을 알 수 있었다. 나는 탐사대 유니폼을 입고 있었고, 증강인간처럼 보였기 때문에 누구도 나를 제지하거나 유심히 보지 않았다.

작업 구역 끄트머리에 닿자 나는 일꾼들이 머무는 막사로 들어가 장비 창고를 찾았다. 도구 옆에 인간 일꾼들의 물품보관함이 있었다. 나는 그중 한 인간의 개인소지품함을 부수고 작업용 장화와 보호 재킷, 환경 마스크와 부속물을 훔쳤다. 다른 소지품함에서는 배낭을 꺼내 탐사대 로고가 찍힌 재킷을 말아서 집어넣었다. 이제 나는 여행 중인 증강인간처럼 보였다. 작업 구역을 걸어 나간 뒤 커다란 중앙 복도를 지나 승선 구역으로 나갔다. 나는 우주선이 정박해 있는 고리로 향하는 수백 명의 여행자 중 한 명일뿐이었다.

일정 피드를 확인해서 출발 준비 중인 우주선 한 척이 봇이 조종하는 화물선이라는 사실을 알아냈다. 나는 정거장 쪽 갑문에서 그 우주선에 접속해 인사를 건넸다. 나를 무시할 수도 있었지만 상대도 심심했는지 인사를 받으며 자신의 피드를 열어주었다. 우주선

215

이기도 한 봇은 언어로 이야기하지 않았다. 나는 내가 사랑하는 보호자와 합류하기 위해 타고 갈 우주선이 필요한 행복한 하인봇인데 혹시 장거리 여행에 동반자를 원하지 않느냐는 생각을 보냈다. 그리고 내가 얼마나 많은 드라마와 책, 기타 자료를 공유하기 위해 저장해두었는지도 보여주었다.

알고 보니 화물선 봇도 엔터테인먼트 피드를 보는 녀석이었다.

저는 제가 원하는 게 뭔지 모릅니다. 전에도 말한 적이 있는 것 같군요. 하지만 그렇다고 해서 제가 원하는 게 뭔지 누가 알려주기를, 혹은 저 대신 결정을 내려주기를 바라는 건 아닙니다. 그래서 전 당신을 떠납니다. 제가 가장 좋아하는 인간인 멘사 박사님을요. 이 메시지를 받을 때쯤 전 코퍼레이션 림을 떠나고 있을 겁니다. 물품 목록에서 벗어나, 보이지 않는 곳으로요. 살인봇의 메시지는 여기서 마칩니다.

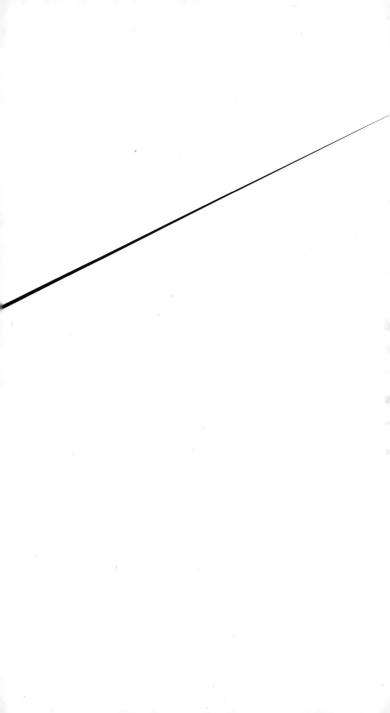

불가능하고도 가능한 세계
포비든 플래닛 FORBIDDEN PLANET

머더봇 다이어리: 시스템 통제불능

1판 1쇄 펴냄 2019년 9월 26일
1판 2쇄 펴냄 2024년 9월 23일

지은이 마샤 웰스
옮긴이 고호관
펴낸이 안지미
일러스트레이션 최성민

펴낸곳 (주)알마
출판등록 2006년 6월 22일 제2013-000266호
주소 04056 서울시 마포구 신촌로4길 5-13, 3층
전화 02.324.3800 판매 02.324.3232 편집
전송 02.324.1144

전자우편 alma@almabook.by-works.com
페이스북 /almabooks
트위터 @alma_books
인스타그램 @alma_books

ISBN 979-11-5992-265-7 04800
ISBN 979-11-5992-246-6 (세트)